INVENTAIRE
V39,420

I0564807

EXTRAIT DE L'ANNUAIRE 1868

De la Société des anciens Élèves des Écoles Impériales d'Arts et Métiers

MÉMOIRE

SUR

L'EXPOSITION UNIVERSELLE DE 1867

CONTENANT

Des considérations générales sur les Expositions universelles, des observations critiques sur le Palais
de l'Exposition de 1867 et une revue
des progrès réalisés dans
la métallurgie

PAR

H. FONTAINE ET A. CHENOT

SAINT-NICOLAS

(MEURTHE)

V. TRENEL, IMPRIMEUR DE LA SOCIÉTÉ

1868

MÉMOIRE

SUR

L'EXPOSITION UNIVERSELLE DE 1867

CONTENANT

**Des considérations générales sur les Expositions univer-
selles, des observations critiques sur le Palais
de l'Exposition de 1867 et une revue
des progrès réalisés dans
la métallurgie.**

« Sans la permission de blâmer, il n'est pas
« d'éloge flatteur. »

BEAUMARCHAIS.

AVANT-PROPOS

Le mémoire qu'on va lire est dû à la collabora-
tion de deux Sociétaires de spécialités différentes.
Malgré cette double paternité, il serait impossible de
le diviser en deux parties distinctes, car les auteurs,
après avoir préparé séparément les éléments de leur
travail, ont étudié, discuté, rédigé ensemble toutes les
parties du mémoire.

BIBLIOTHÈQUE IMPÉRIALE IMPR.

Le lecteur rencontrera donc de la première à la dernière ligne, le même style, les mêmes idées, le même point de vue général.

Cette déclaration, qui a été faite dès le dépôt de l'article, était utile pour éclairer la Commission d'examen ; car, si dans un concours on ne doit considérer que le mérite de l'œuvre, il est équitable de donner la préférence à un seul auteur, si deux articles ont la même valeur.

Le programme tracé par notre camarade anonyme (1) a été suivi de point en point, non-seulement dans ses détails, mais encore dans l'ordre où il était formulé.

Voici ce programme :

« *Description générale de l'Exposition universelle*
« *considérée comme Palais de l'industrie ; du mérite*
« *de sa construction métallique, de sa forme et de*
« *son agencement. Donner, s'il est possible, des cro-*
« *quis et les quantités de matières employées, le nom*
« *des constructeurs et de leurs principaux collabora-*
« *teurs.* (LA CRITIQUE N'EST PAS DÉFENDUE).

« *Une description la plus étendue possible de l'Ex-*
« *position métallurgique, le nom des principaux ex-*
« *posants, la nature de leurs produits. La comparai-*

---

(1) Notre ami Arbel nous pardonnera d'employer cette expression qu'il a lui-même imaginée.

« *son qui peut être faite entre les produits similaires*
« *et les progrès réalisés depuis* 1862.

« *L'article sur la métallurgie comprendrait donc*
« *les grandes usines concessionnaires des minières et*
« *charbonnages et pouvant produire les fontes au*
« *meilleur marché possible. Comparaison de ces*
« *fontes entr'elles et leur application dans l'indus-*
« *trie métallurgique.*

« *Puis la matière obtenue, quels sont les grands*
« *progrès réalisés dans la transformation de cette*
« *matière pour en obtenir des objets manufacturés;*
« *toujours en comparant avec les industries étran-*
« *gères.*

« *Une note, la plus détaillée possible, sur la ques-*
« *tion mécanique, la fabrication de l'outillage, les*
« *idées neuves qui ont surgi et sont appliquées uti-*
« *lement.* »

Le premier chapitre peut être considéré comme
une entrée en matière, il a été écrit pour servir d'introduction aux mémoires publiés dans l'Annuaire de
1868. C'est une petite revue rapide des Expositions
qui ont précédé celle de 1867 et un aperçu général
des nouveautés que nous avons tous admirées dans
cette dernière Exposition.

Les auteurs avaient préparé, sur le même sujet,
un article complet embrassant toutes les classes industrielles, mais ils ont dû supprimer beaucoup de

détails pour ne pas sortir des limites du programme. D'ailleurs, il était à craindre que l'actualité faisant défaut à cette revue rétrospective, elle ne perdît beaucoup de son intérêt.

La critique, un peu vive peut-être, du palais de l'Exposition a été doublement motivée. Il est juste que chaque fois qu'une œuvre capitale se produit en dehors la marche normale des entreprises nationales, c'est-à-dire *sans concours public préalable*, sans *contrôle efficace*, il est juste que les idées opposées se fassent jour afin d'éclairer les futurs organisateurs d'œuvres analogues. Et puis, on avait tant parlé des résultats magnifiques que devait produire la nouvelle classification, on avait chanté si haut l'éloge de cette vaste construction métallique, que les auteurs ont cru remplir un devoir en indiquant sans passion, sans parti pris, mais avec impartialité, sans chercher à plaire à qui que ce soit, les inconvénients que la pratique a révélés.

La partie métallurgique a été traitée avec tous les développements nécessaires pour faire apprécier le rôle dominant que les découvertes de *Bessemer* et de *Siemens* tendent à prendre dans la grande industrie du fer.

Des omissions nombreuses et volontaires ont été commises dans l'examen de grands exposants, toutes les fois que leurs produits, quelque bien réussis qu'ils fussent, d'ailleurs, ne présentaient pas un caractère suffisant de nouveauté.

Tous les tableaux, soit de prix de revient, soit de poids des pièces, soit de résistance des matériaux, ont été revus avec soin. Ceux relatifs à l'Exposition ont été communiqués par M. Krantz, ingénieur en chef de cette vaste entreprise.

Ces observations faites, les auteurs n'ont plus qu'à souhaiter que leur mémoire rencontre parmi nos camarades un accueil aussi sympathique que celui qu'il a rencontré auprès de la Commission d'examen.

Paris, 1er juillet 1868.

EXPOSITION UNIVERSELLE DE 1867

CHAPITRE Ier.

Considérations générales sur les Expositions universelles. — Caractères distinctifs de l'Exposition de 1867. — Progrès accomplis depuis 1862.

Le caractère dominant de l'époque est d'être essentiellement utilitaire. Chez les anciens, les beaux arts et les sciences abstraites étaient pratiqués par un petit nombre d'esprit d'élite ; l'industrie proprement dite n'était exercée que par des gens de castes très-inférieures. De nos jours, au contraire, les sciences pratiques sont cultivées par un grand nombre et appréciées de tous. L'industrie, s'inspirant des découvertes des savants, possède à sa tête des chefs familiarisés avec les théories et en même temps très-versés dans les moyens d'exécution rationnels.

La classe ouvrière elle-même participe à ce mouvement progressif, et les efforts combinés des uns et des autres ont produit des résultats admirables, de telle sorte que l'industrie, reléguée jadis à l'arrière plan, est devenue, avec l'agriculture et le commerce, l'un des grands leviers de la civilisation moderne.

Les expositions universelles ont consacré, ou pour mieux dire, ont révélé le rôle immense de l'industrie dans la vie moderne et elles ont apporté des éléments fertiles au développement du génie humain.

Le but d'une exposition universelle est de faire apprécier d'une manière palpable les progrès réalisés dans les diverses branches des connaissances humaines, de préciser

l'état actuel de ces connaissances et d'exciter une grande
émulation entre les producteurs de tous les pays.

Par elle-même, l'exposition est un des grands éléments
du progrès et une des causes de l'augmentation du bien-
être général. Elle inspire aux savants de nouvelles découvertes et elle donne à tous des connaissances pratiques, qui élèvent le niveau de l'instruction publique.

Les expositions industrielles qui précédèrent les expositions internationales ont été inaugurées à Paris, en 1798,
par François de Neufchâteau, ministre de l'intérieur de
la république.

Circonscrites d'abord dans des limites très-modestes,
elles prirent successivement un développement considérable et la perfection des objets exposés devint telle,
qu'il fallut récompenser presque tous les exposants.

Il n'est pas sans intérêt de suivre pas à pas la marche
ascendante de ces premières expositions.

Nᵒˢ d'ordre.	Années.	Nombre d'exposants.	Nombre de récompenses.
1	1798	110	21
2	1801	229	80
3	1802	540	254
4	1806	1422	610
5	1819	1662	869
6	1823	1642	1091
7	1827	1795	1254
8	1834	2447	1785
9	1839	3281	2205
10	1844	3963	3253
11	1849	4532	3741

A la suite de l'Exposition très-brillante de 1849, notre
ministre de l'agriculture et du commerce, M. Thouret,
conçut l'idée d'appeler les producteurs de tous les pays à
un grand concours industriel ; mais cette idée, qui depuis

a fait un si beau chemin, rencontra une opposition radicale parmi nos grands fabricants et c'est l'Angleterre qui
eut l'honneur, deux ans après, de mettre ce projet à exécution.

Le nombre d'exposants qui répondirent à l'appel de la
Commission anglaise fut, en 1851, de 14,837. Le succès
de cette tentative fut immense, il porta presqu'immédiatement ses fruits. Pour la première fois, la France et l'Angleterre se mesuraient dans toutes les branches industrielles et artistiques, et chacune de ces grandes nations
vit le côté faible et le côté fort de sa fabrication. Ce fut
le point de départ d'une véritable révolution industrielle.

L'Exposition ouverte à Paris en 1855 compta 23,954
exposants, elle fit voir la rapidité avec laquelle les industriels de tous les pays du monde, avaient mis à profit les
connaissances acquises en 1851.

Appelés de nouveau à Londres, les exposants se trou-
vèrent réunis au nombre de 27,466 en 1862. Cette exposition, tout en accusant les mêmes tendances que la précé-
dente, fut beaucoup plus riche en collections de produits
bruts et elle mit à jour plusieurs nouvelles applications
de la chimie à l'industrie. C'est dans cette nouvelle lutte
pacifique qu'on vit apparaître le métal Bessemer, qui
est devenu d'un usage si général.

D'autres expositions internationales ont eu lieu à New-
York, à Munich, à Dublin et à Amsterdam, mais elles ont
si peu réussi, qu'elles ne peuvent revendiquer le titre
d'universelles.

L'Exposition de 1867 fut annoncée dès 1863, afin que
tous les producteurs, y compris ceux des nations éloignées, eussent le temps de s'y préparer. C'est à cette
circonstance exceptionnelle que le nombre d'exposants
s'éleva à 42,217, encore fallut-il au dernier moment re-
fuser un grand nombre de retardataires.

Voici la répartition des espaces occupés par chaque nation et le nombre des exposants également par nation.

NATIONS.	NOMBRE D'EXPOSANTS	SURFACES OCCUPÉES.
France.	11645	61314$^{m·s·}$
Pays-Bas.	314	1897
Belgique	1448	6881
Prusse.	2206	7880
Allemagne du sud . . . , ...	1162	7879
Autriche	2072	7880
Suisse.	986	2691
Espagne.	2071	1164
Portugal.	1026	713
Grèce.	892	713
Danemark.	283	751
Suède et Norwége	989	1823
Russie.	1392	2853
Italie	3992	3249
Rome.	140	554
Principautés Unies	»	554
Turquie.	4499	1426
Égypte	70	396
Chine, Japon, Siam.	72	792
Perse	60	713
Maroc, Tunis.	20	1030
États-Unis d'Amérique.	778	2867
Brésil	1073	1808
Républiques américaines.	143	»
Harvaï	31	»
Grande-Bretagne.	3609	21653
TOTAL.	42217	140184$^{m·s·}$

Ce tableau montre que 42,217 exposants se partageaient un espace total de 140,184 mètres, chacun d'eux n'avait donc en moyenne que 3^m,48. Il est juste de remarquer qu'en outre de la surface horizontale, le palais présentait de très-grandes surfaces verticales et qu'enfin les nombreuses annexes du parc augmentaient singulièrement cette moyenne.

Caractère distinctif de l'Exposition du Champ-de-Mars. — Le caractère distinctif de l'Exposition de 1867, c'est l'universalité, rien n'en fut exclu : la religion, la philanthropie, toutes les branches de la science, toutes les manifestations de l'art y étaient représentées sous leurs aspects les plus multiples, les plus attrayants, les plus utiles. Le visiteur pouvait apprécier non-seulement l'état actuel des connaissances humaines, mais il pouvait encore suivre la marche du progrès à travers les âges du monde, comparer le calme, le néant de la vie primitive à l'activité extraordinaire de la vie moderne et passer en revue tous les échelons qu'a successivement parcourus l'industrie pour arriver à son apogée actuelle.

Disons-le de suite, les personnes qui cherchaient des choses essentiellement nouvelles ont été tout d'abord un peu désillusionnées, et il leur a fallu plusieurs visites pour revenir sur leur première impression.

Est-ce à dire que le palais et ses annexes ne renfermaient aucune nouveauté, aucun perfectionnement saillant? Loin de là, mais ce qui frappait tout d'abord, c'était l'immense variété des objets exposés, la richesse des collections et la perfection du travail de toutes les machines. Grâce aux grandes découvertes qui ont surgi presque coup sur coup depuis 60 ans, grâce surtout aux progrès de la chimie et de la physique, l'industrie a marché à pas de géant et le rôle des machines a pris une extension si considérable qu'une transformation radicale s'est opérée dans le travail manuel.

Quelques faits spéciaux feront mieux ressortir la physionomie générale de cette grande manifestation industrielle.

Métallurgie. — La métallurgie occupe la première place dans toutes les expositions universelles et les progrès réalisés à chaque étape sont surprenants. L'industrie du fer, de la fonte et de l'acier est aujourd'hui assez développée pour satisfaire à toutes les exigences.

La construction du palais qui a exigé, en un temps très-court, 14 millions de kilogrammes de fer et fonte, est une preuve manifeste de la puissance de nos forges françaises, si longtemps distancées par l'Angleterre et la Belgique.

Les expositions de la marine et de l'artillerie montrent la puissance de l'outillage des chantiers et des arsenaux de la France et de l'étranger. Les soins rigoureux apportés dans l'exécution font ressortir l'habileté des ingénieurs spéciaux et de leurs coopérateurs.

Il est, d'ailleurs, à remarquer que les travaux exécutés dans les chantiers particuliers ont acquis la même importance et le même degré de perfection que ceux sortis des établissements de l'État.

Nous parlerons, dans un autre chapitre, des masses formidables exigées dans diverses constructions et des tours de force extraordinaires qu'on est parvenu à exécuter dans certains ateliers de forge.

Électricité. — L'électricité qui est appliquée aujourd'hui à la production de la lumière dans les phares, à la transmission des dépêches, à la thérapeutique et à quelques fonctions secondaires dans les machines, n'a pas reçu de nouvelles applications bien remarquables depuis 10 ans. Les quelques moteurs électriques exposés n'avaient pas des avantages suffisants pour compenser l'énorme dépense qu'ils occasionnent.

Un américain, M. *Farner*, avait envoyé une pile thermo-électrique qui produisait des courants assez intenses avec le secours d'un seul bec de gaz.

Dans la section prussienne, on admirait les machines *Holtz* qui fournissaient de l'électricité statique en abondance au moyen d'une simple plaque en caoutchouc frottée sur la main et mise en contact d'un plateau en verre doué d'un mouvement rapide.

Enfin, deux anglais, MM. *Wheatstone* et *Ladd*, expo-
saient des machines électro-magnétiques extrêmement
curieuses, qui transformaient immédiatement le mouvement en torrents d'électricité sans le secours ni d'aimant,
ni de pile, il suffisait de les amorcer une fois pour toutes.

Ces divers appareils ont eu un grand succès de curiosité, leurs effets tenaient véritablement du prodige ; mais,
à part leur auréole mystérieuse, ni les uns ni les autres n'a-
vaient les qualités requises pour rendre de grands services en pratique. La machine électro-magnétique de la
compagnie *l'Alliance* est le chef-d'œuvre du genre.

Moteurs. — La vapeur d'eau règne encore en souve-
raine pour la production de la force motrice ; les constructeurs s'attachent de plus en plus à établir des chaudières inexplosibles. Malheureusement, pour obtenir ce
résultat, ils diminuent outre mesure les réservoirs de
vapeur, ce qui crée des sujétions de conduite du feu,
presque impossibles à réaliser.

L'appareil de M. *Lévêque* pour utiliser le pétrole au
chauffage des chaudières nous a paru bien supérieur
aux machines essayées par les Américains, mais il est
encore loin d'être d'un usage pratique. La Commission
impériale n'a pas autorisé M. Lévêque à faire des expériences pendant la durée de l'Exposition, dans la crainte
d'accidents provenant d'un mélange explosif ; tout ce
que nous savons, c'est que, dans ses derniers essais,
l'inventeur est parvenu à vaporiser 15 kilogrammes d'eau
par kilogramme de pétrole ; c'est donc un moyen extrêmement coûteux, et, malgré les avantages particuliers
qu'il offre à la marine, il ne peut pas encore lutter avec
le charbon.

Parmi les inventions qui ont pour but de remplacer la
vapeur d'eau comme moteur, il faut signaler en première

ligne la machine à gaz de M. *Otto*, de Cologne, qui ne consomme que un mètre cube de gaz par force de cheval et
par heure, et qui coûte moitié moins cher de premier
établissement que le moteur Lenoir. Malgré ces avantages
de premier ordre, cette machine a un mouvement si
saccadé que beaucoup de gens compétents ont donné la
préférence à la machine française de M. *Hugon*.

La machine à ammoniaque de M. *Frot*, a également
donné de bons résultats comme économie de combustible
et comme régularité de marche.

Les machines à air chaud sont à peu près dans le même
état d'avancement qu'en 1862; il faut cependant signaler
comme un progrès réel l'invention de M. *Shaw*, d'Amérique, qui a exposé et fait fonctionner dans le parc, près
le phare anglais, un très-beau spécimen de son système.

Machines à vapeur. — La construction des machines
à vapeur est arrivée à un haut degré de perfection. La
tendance générale est toujours de rechercher des moyens
d'utiliser, le mieux possible, la vapeur et, par suite,
d'économiser le combustible.

Les machines Farcot sont universellement connues et
appréciées, mais depuis 15 ans, elles ne présentent aucun
progrès sensible.

La maison Parent, de Fives, a exposé une machine horizontale de 25 chevaux qui peut être considérée comme
le type le plus rationnel, le mieux étudié de toute l'Exposition. Nous désirons bien vivement que les dessins
détaillés de cette machine soient envoyés dans nos Écoles
d'arts et métiers, afin de donner aux élèves les idées les
plus justes sur la forme des pièces, la distribution des
organes, et le travail de toutes les parties.

M. *Duvergier*, de Lyon, avait adopté une disposition
particulière de la boite à tiroir, qui permettait au cylindre

de se purger à chaque révolution, sans le secours d'aucun robinet; il faisait, de plus, commander la détente variable par le régulateur.

La machine d'*Allen* possédait une pompe à air qui, directement commandée par le piston moteur, fonctionnait avec une rapidité excessive.

Enfin, il est à remarquer que l'application de la détente *Corliss* et du régulateur *Porter* se généralise depuis l'Exposition de 1862.

Machines rotatives. — Les machines rotatives ont toujours le privilège de surexciter les inventeurs ; toutes celles qui figuraient à l'Exposition possédaient les deux défauts inhérents à ce genre de récepteurs : difficulté de construction, grande consommation de vapeur. Signalons cependant les machines de MM. *Bhérens* et *Molard* qui nous ont paru susceptibles d'applications sérieuses.

Locomotives. — Les locomotives sont, à peu de chose près, ce qu'elles étaient à la dernière Exposition. On peut néanmoins noter l'emploi réglé de la contre-vapeur et l'augmentation de l'adhérence. La machine n° 1000 de l'Est possède un tender-moteur qui ne fonctionne que dans deux circonstances : 1° lorsqu'on gravit une rampe, et alors son action s'ajoute à celle de la locomotive ; 2° lorsqu'on descend une côte, dans ce cas, cette action agit en sens inverse et ralentit la marche. Cette machine n'est, d'ailleurs, qu'une heureuse application du système *Verpilleux* que nous avons vu fonctionner jadis sur le chemin de Saint-Étienne à Lyon.

Dans l'exposition si complète, si brillante, si admirable du Creusot, on remarquait une locomotive destinée au Great Eastern railway. Cette locomotive doit faire 90 kilomètres à l'heure en remorquant 27 wagons.

Matériel des chemins de fer. — De grandes améliorations ont été obtenues dans la construction du matériel des chemins de fer ; on s'attache de plus en plus à diminuer le poids mort des véhicules et l'on se préoccupe partout d'augmenter la sécurité de la marche et le confort des voyageurs. Nous n'hésitons pas à proclamer comme un véritable progrès les voitures à deux étages et les wagons articulés de M. Vidard.

Machines-outils. — Les machines-outils deviennent de plus en plus automatiques, le rôle de l'ouvrier s'élève, en ce sens que son travail consiste presque uniquement à diriger la marche des machines, à tracer et à assembler les pièces. C'est là certainement un des plus beaux résultats de la science et l'on peut dire que l'amélioration du sort de la classe ouvrière est due en grande partie à la propagation des machines.

Les Américains avaient envoyé plusieurs machines automatiques très-curieuses ; avec l'une d'elles, on pouvait fabriquer 1,000 tonneaux de droguerie dans une journée ; avec une autre, on faisait des bâtons de chaises très-moulurées avec une rapidité excessive.

La machine à fabriquer les charnières de MM. *Evrard* et *Boyer*, de Paris, mérite une mention toute spéciale ; elle produisait 60 à 120 charnières toutes finies à la minute.

En général, les machines-outils anglaises ont des organes bien agencés, des mouvements bien combinés, des bâtis creux très-résistants. Les machines allemandes sont un peu plus maigres d'apparence, mais leur exécution est très-soignée. Les machines américaines visent beaucoup à l'originalité, leur forme est ingrate, tortillée, mais leurs mouvements sont extrêmement ingénieux. Les machines françaises sont copiées sur les types les plus réussis de l'Angleterre, nos constructeurs ont une tendance à faire

servir la même machine à des travaux multiples. Le tour
à 4 pointes exposé par la maison *Warall, Elwell* et *Pou-
lot* était un bon outil, bien réussi.

Tissage. — L'industrie du tissage était parfaitement re-
présentée par les Anglais , les Français , les Américains et
les Allemands. C'est dans ces métiers admirables, dans ces
chefs-d'œuvre de conception et d'exécution qu'il faut étudier les transformations de mouvement les plus originales
et les combinaisons les plus surprenantes de la mécanique.

Le métier à bas d'Amérique nous a paru très-commode,
il suffisait de tourner une manivelle, pour fabriquer un bas
complet avec toutes ses variations de dimensions.

Dans la section anglaise, on remarquait un métier à coton
qui possédait un grand avantage sur ceux du même genre.
Lorsqu'un fil cassait, la navette était mise de côté et rem-
placée par une autre navette sans, pour cela, que le métier
s'arrêtât un seul instant. De là, grande économie de temps.

Céramique. — Notre manufacture de Sèvres présentait
deux inventions récentes : 1° l'emploi de la pression atmosphérique pour l'ébauche des grandes pièces ; 2° la
coloration des pâtes obtenue par le mélange intime du
kaolin avec différents oxydes métalliques (jusqu'alors, la
porcelaine dure ne recevait que des couleurs rapportées
sur l'émail).

Cristallerie. — La pièce la plus remarquable de toute
la cristallerie était une fontaine éblouissante, fabriquée en
cristal taillé, par Baccarat. Cette fontaine vraiment monu-
mentale, avait 7m,30 d'élévation, la vasque principale
mesurait 3 mètres de diamètre.

Dans l'exposition belge, se trouvait une bouteille soufflée
d'une contenance de 336 litres.

Photographie. — Dans la section si variée et si inté-
ressante de la photographie, on pouvait admirer les magnifiques épreuves sur verre de M. *Tessié du Motay*, les
gravures héliographiques sans retouche de MM. *Garnier*
et *Poitevin* et un échantillon unique de la fixation fugitive
des couleurs sur plaque, obtenu par M. *Niepce Saint-
Victor*, le neveu de l'un des inventeurs de la photographie.

Parmi les choses essentiellement nouvelles, on peut encore signaler le puits à succion forcée de M. *Donnet*, qui
a pour but d'augmenter beaucoup le débit d'un puits ordinaire; la grue à vapeur, sans treuil, de M. *Chrétien*, qui
a fonctionné sans interruption pendant toute la durée de
l'Exposition; la fabrication économique de l'hydrogène par
M. *Giffard*, l'heureux inventeur de l'injecteur; le monte-
charge à traction directe de M. *Lebœuf*; les ascenseurs
mécaniques de M. *Edoux*, destinés à supprimer les esca-
liers des maisons; les transmetteurs de dépêches au moyen
de l'air comprimé par MM. *Mignon* et *Rouart*; les fours
continus à cuire la brique de M. *Hoffmann*; les appareils
pour la fabrication économique de l'oxygène de M. *Tessié
du Motay*; le procédé de dorure et d'argenture de
M. *Henry Dufresne* qui, tout en employant le mercure,
le rend inoffensif; et la machine à fabriquer les chandelles
de M. *Hafner de Thann*, avec laquelle un seul homme
peut fabriquer 12,000 chandelles par jour.

Cet aperçu rapide est loin d'être complet, mais le programme tracé pour ce mémoire ne permet pas d'entrer
dans plus de détails. Du reste, on ne saurait trop le répéter, dans cette belle Exposition, tout était bien compris
et bien exécuté, et c'est précisément pour cela qu'après
avoir distribué 20,000 récompenses, la Commission impériale s'est trouvée assiégée par des milliers de réclama-
tions.

En présence de cette solennité, on se demande où s'arrêtera le développement des futures expositions. Les uns prétendent qu'après l'Exposition de 1867, il sera impossible d'en ouvrir de nouvelles, parce qu'elle est la résultante de tous les efforts de l'activité humaine et le dernier mot du progrès. Nous croyons, au contraire, qu'il est téméraire d'assigner une limite à la science et que l'avenir nous réserve des spectacles industriels plus grandioses encore.

CHAPITRE II.

Du palais de l'Exposition. — Emplacement. — Forme. — Classification. — Critique du projet adopté. — Calculs des pièces principales.

Le palais de l'Exposition de 1867 a été édifié au milieu du Champ-de-Mars, au même endroit où fut installée notre première Exposition industrielle.

Ce palais couvre un espace total de 153,138 mètres carrés, c'est la plus vaste construction métallique qu'on ait exécutée. Son pourtour extérieur est à peu près elliptique, c'est un grand rectangle de 110 mètres de longueur sur 384 mètres de largeur, terminé par deux demi-circonférences de 197 mètres de rayon. Sa longueur totale est donc de 494 mètres.

L'emplacement limité par ce pourtour, a été divisé en 7 anneaux concentriques de différentes épaisseurs et la partie centrale, large de 42 mètres, a été disposée en jardin ou pour mieux dire en square. Vu de l'intérieur, le palais est plutôt rectangulaire qu'elliptique, puisque la partie droite a 110 mètres, tandis que les circonférences de raccordement n'ont que 21 mètres de rayon.

On a également subdivisé le palais en 15 rectangles ou

secteurs, au moyen de rues transversales ; cette disposition permettait d'aller directement de l'extérieur au jardin central sans perte de temps, quel que soit, d'ailleurs, le point où l'on se trouvait.

Chacune des galeries concentriques renfermait les objets de même catégorie, et les envois d'une même nation étaient classés entre deux normales au pourtour. Ce mode de classement, très-séduisant au premier abord, devait faciliter l'étude et la comparaison. La Commission impériale s'inquiéta peu des formes architecturales du monument, la grande question pour elle fut de faire un abri assez vaste pour contenir tous les produits, sans superposition d'étage et de classer ces produits par groupes et par nationalités.

Aussi, l'aspect du palais est-il loin d'être satisfaisant, c'est un immense colisée, sans décoration, sans perspective. L'ensemble est grand, mais monotone.

Le but de ce palais a-t-il été bien rempli ? Toute la discussion doit porter sur ce point, puisqu'il est admis qu'une construction est toujours assez belle, alors qu'elle est bien appropriée à sa destination.

Pour nous, il est certain que le palais aurait pu avoir un aspect plus agréable, une forme plus judicieuse, que les organisateurs n'ont nullement prévu la surface nécessaire aux divers groupes de produits similaires, qu'enfin le résultat a été directement opposé à ce qu'on attendait. Au lieu de faciliter les recherches, on les a rendues presque impossibles, au lieu d'ordre, on a obtenu que confusion !

Quelques mots d'abord sur le choix de l'emplacement.

La Commission impériale, en adoptant le Champ-de-Mars pour y installer l'Exposition, avait surtout en vue de ne pas sortir de Paris et de ne pas surcharger son budget en achetant la plaine Monceau ou toute autre partie non construite dans l'intérieur de la ville.

La conséquence forcée de ce choix était la démolition immédiate du palais après la fermeture de l'Exposition, car il était parfaitement entendu que le Ministre de la guerre reprendrait son champ de manœuvre le plus tôt possible.

Il est aussi à remarquer que le Champ-de-Mars n'a rien de bien agréable comme entourage, que ses abords sont occupés par la population spéciale qui avoisine ordinairement les agglomérations de troupes, et qu'enfin, il était assez éloigné du centre de la capitale.

Pourquoi n'avoir pas placé l'Exposition à Bercy, à Courbevoie, à Grenelle, à Saint-Ouen, ou en tout autre point, aux portes de Paris? Au moins, on aurait pu conserver toutes les constructions et les affecter à une autre destination. N'est-ce pas un regret pour tous les esprits sages de penser que 12 millions ont été consacrés à la construction d'un édifice, jugé digne d'abriter pendant 7 mois toutes les merveilles du génie humain, et que cette somme ne représentera bientôt qu'une valeur insignifiante? Et quand nous parlons du palais principal, nous ne déplorons pas moins la destruction des aquaria magnifiques, des spécimens de toutes les architectures, etc., etc.

Hors de Paris, disait-on, l'Exposition ne serait pas à la portée du plus grand nombre, et, d'autre part, il ne faut pas songer à faire un palais permanent, un *Sidenham* français, cela n'aurait aucun succès, le palais des Champs-Élisées n'a jamais rien rapporté, et le palais d'Auteuil, avant son achèvement, était déjà passé à l'état de ruine.

Ces objections sont l'une et l'autre spécieuses.

Il n'était nullement nécessaire d'affecter les constructions au même usage, on pouvait sitôt la fermeture de l'Exposition, les convertir en magasins et créer ainsi de

3

vastes entrepôts dont la capitale a le plus grand besoin.

Quant à l'éloignement, il fallait remarquer que les Expositions de Londres, en 1851 et en 1862, avaient eu 6 millions de visiteurs, et que celle de Paris, en 1855, n'en eut que 4 millions et demi. Cependant, les deux Expositions anglaises étaient situées hors de la portée du plus grand nombre, tandis que celle des Champs-Élysées était très-rapprochée du centre de l'agglomération parisienne.

En réalité, le public va là où il trouve son intérêt ou son plaisir ; on n'allait pas dans la plaine de Longchamps, ni à Vincennes avant la création des fêtes sportiques, et chaque course y amène plus de 100,000 curieux. La distance n'a donc réellement rien à faire dans la question.

Forme. — La forme elliptique du palais n'est pas mieux justifiée : le classement adopté exigeait une division par abscisses et ordonnées, qui pouvait parfaitement être tracée dans un rectangle. La forme rectangulaire offrait sur celle adoptée des avantages incontestables. Elle ménageait de très-beaux effets de perspective, elle diminuait, dans une large mesure, les difficultés de construction, elle facilitait les recherches et la surveillance générale, en étendant la vue.

Mais la raison primordiale qui aurait dû faire adopter la forme rectangulaire réside dans la possibilité de l'agrandissement. Toutes les Expositions précédentes avaient démontré qu'au dernier moment, les demandes des industriels deviennent extrêmement nombreuses et que l'on se trouvait forcé de construire à la hâte des annexes pour ne pas exclure du concours des producteurs de premier ordre. Or, si le palais avait été rectangulaire, on aurait pu, sans sortir du système de classification adopté, ajouter une ou plusieurs travées du côté de l'École militaire.

Aussi, qu'est-il arrivé ?

Après avoir refusé, pour le projet du palais, l'avis d'architectes et d'ingénieurs très-compétents ; après avoir écarté l'idée d'un concours public, sous le prétexte que la Commission impériale avait tout étudié, tout agencé, tout prévu, il est arrivé que la partie industrielle, la plus importante de toute l'Exposition, était disséminée dans tous les coins et recoins du palais et du parc, sans raison d'être, sans ordre, sans méthode.

Certes, jamais la critique n'a eu un droit aussi absolu qu'ici, plus on a promis au public et plus le public doit réclamer et protester contre les écarts de ceux qui veulent tout faire eux-mêmes.

Écoutez les paroles prononcées par M. Flachat à la Société des ingénieurs civils :

« Un grave échec s'est produit parce que l'espace donné
« aux industries mécaniques s'est trouvé trop faible. Les
« expositions les plus importantes, celles des établisse-
« ments de premier rang, tels que ceux du Creusot, de
« Petin-Gaudet, de Commentry, d'Indret, les ateliers de la
« marine, des forges et chantiers de la Méditerranée, de
« l'Océan, et bien d'autres, la plus brillante partie des
« expositions de la Belgique, des États-Unis, de l'Angle-
« terre, etc...., tout cela était extravasé, tout cela était
« isolé, éloigné, tout cela était perdu pour l'ensemble et
« se dérobait à l'effet produit par les masses. Il faut avoir
« vu ces nombreuses et admirables annexes pour se
« rendre compte de l'aspect grandiose que leurs appareils
« rangés dans une seule galerie eût produit.

Classification. — La Commission impériale, dans le but de ne pas séparer les produits de chaque nation, a négligé un peu de rassembler les objets de même nature. Elle a véritablement abusé du mot similaire en accolant des appareils à tailler les faux-cols et à fabriquer les dragées, aux locomotives et aux machines d'épuisement.

Les petites industries parisiennes auraient été beaucoup mieux placées dans un bâtiment spécial. Disséminées dans la grande galerie, elles gênaient la circulation, en agglomérant une foule de badauds ou d'acheteurs. Lorsqu'on voulait étudier à fond une même série d'objets, il fallait passer plusieurs journées à fouiller les galeries du palais et toutes les annexes du parc. Pour les machines à travailler le bois, par exemple, il fallait visiter six annexes et faire le tour complet de la grande nef.

Une Exposition universelle peut se comparer à une vaste encyclopédie, où chacun cherche la signification des mots dont il a besoin journellement, tout en donnant un coup d'œil rapide sur le reste de l'ouvrage. Au Champ-de-Mars, comme dans beaucoup de dictionnaires, le chercheur était à tout instant renvoyé à une autre page. Il y a là un écueil capital qu'il faudra absolument éviter dans les autres expositions.

Suivant nous, on s'est beaucoup trop préocupé du classement par nation, car lorsqu'on vient étudier un groupe d'objets, on s'occupe médiocrement du lieu de provenance, on tient essentiellement à tout voir et à bien voir. D'ailleurs, la comparaison entre les nations était presque impossible, puisque chacune d'elles n'avait pas les mêmes facilités pour se faire représenter à l'Exposition. Si deux maisons françaises, le Creusot et Baccarat, ont dépensé un million pour leurs expositions, combien les américains eussent dû dépenser pour lutter à armes égales?

En un mot et pour conclure, la Commission a eu une idée très-séduisante, pour le classement par nations et par catégorie, mais l'application de cette idée a donné de détestables résultats (1).

---

(1) Il est bien entendu que nous écrivons spécialement au point de vue des machines et de l'art industriel.

Projet du palais. — L'emplacement choisi, la forme adoptée, le classement arrêté, il s'agissait de construire et de construire très-rapidement. La Commission impériale fut bien inspirée en confiant cette partie de son programme à M. Krantz, ingénieur en chef des ponts et chaussées. Grâce à l'expérience et à l'énergie de cet éminent directeur, les travaux furent bien attaqués, bien menés et ils s'achevèrent comme par enchantement.

Il est inutile de décrire en détail les diverses parties du projet, les dessins qui accompagnent ce mémoire feront mieux comprendre l'ordonnance générale du palais et les principaux assemblages des pièces, qu'une note quelque précise qu'elle soit.

Les trois premières galeries forment un système complet de construction, les deux parties latérales servent de contre-forts aux piliers de la grande nef. Cette solidarité a été nécessitée par l'absence d'entraits à l'intérieur de la ga-

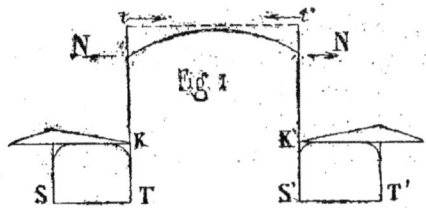

lerie n° 2 ; il est facile de comprendre que les tirants supérieurs t,t' tout en détruisant l'effet de la poussée N de l'arc supérieur, tendaient à faire ouvrir l'espace compris entre deux piliers, et qu'il a fallu, non-seulement assujétir dans les fondations, les extrémités T et S', mais encore empêcher la flexion des piliers en les butant solidement aux points intermédiaires K et K'.

On a sacrifié l'élégance des deux parties adjacentes, pour donner plus de hardiesse à la partie centrale, et, pour éclairer latéralement les machines, on a dû ne donner que 7^m,50 de hauteur aux parties adjacentes et 25 mètres à la nef principale.

Ce système assez original, ne fera pas école, espérons-le; il est toujours regrettable de gâter une partie d'un monument pour embellir l'autre, et il valait mieux, sans contredit, mettre l'entrait à l'intérieur en cherchant à le faire servir à la décoration, que d'exécuter un tour de force pour dégager la voûte supérieure.

La gare du Nord a également 3 séries de combles successifs, mais la grande galerie d'entrée, très-belle, d'ailleurs, n'a nullement nui aux salles d'attente de départ et d'arrivée.

L'éclairage latéral est encore moins justifié, puisqu'il crée toujours des faux-jours et qu'il assujétissait l'ingénieur à élever démesurement la nef du milieu.

L'emploi de la tôle dans cette triple galerie est très-judicieux; il permettait de commencer le travail sur plusieurs points à la fois, de mettre beaucoup d'ouvriers sur la même pièce. La maçonnerie aurait coûté énormément plus cher, et la fonte, dès qu'il s'agit de pièces de dimensions exceptionnelles, donne lieu à des mécomptes, de toutes sortes qui retardent l'achèvement d'une construction.

Les fermes de la grande nef, distantes de 15^m,333 d'un côté et de 12^m,270 de l'autre, se composaient de montants verticaux tubulaires, à section rectangulaire de 0,90 sur 0,80 jusqu'à 7^m,50 de hauteur et de 0,90 sur 1,35 jusqu'à la naissance de l'arc. Ces montants ou piliers étaient renforcés à l'intérieur, de mètre en mètre, par des croisillons en tôle et cornières, laissant libre l'espace central pour la conduite en zinc, destinée à l'écoulement des eaux de la toiture. Les arcs étaient formés de deux tôles verticales pleines de 0,80 de hauteur, distantes l'une de l'autre de

0,65 et reliées de distance en distance par des entretoises en cornières.

Voici les principales cotes d'ensemble.

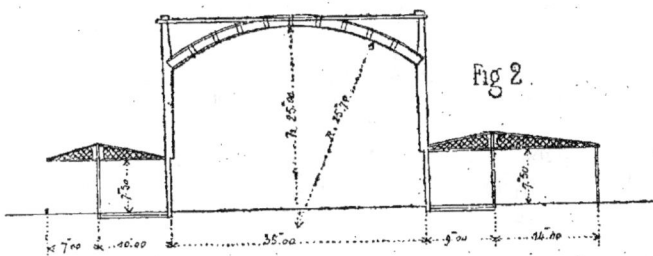

Fig 2.

Le poids réparti uniformément sur chacun des arcs, était d'environ 60,000 kilogrammes, en supposant une surcharge accidentelle de 25 kilog. par mètre, produite par le vent ou toute autre cause.

La poussée de l'arc était donnée par la formule $Pl = Nh$.

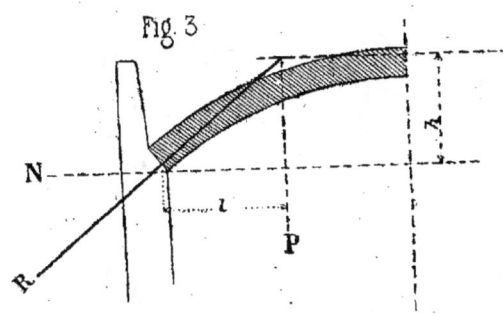

Fig. 3

d'où :

$$N = \frac{Pl}{h}.$$

$$P = \frac{60,000}{2} = 30,000 \text{ kilog.},$$

$$h = 6 \text{ mètres} + \frac{0,80}{3} = 6,27,$$

$$l = \frac{35}{4} = 8,75,$$

donc : $N = \dfrac{30,000 \times 8,75}{6,27} = 41,700 \text{ kilog.}$

On peut tirer également la valeur de R, puisqu'elle est égale à l'hypothénuse d'un triangle rectangle dont N et P sont les côtés.

$$R = \sqrt{N^2 + P^2} = \sqrt{30,000^2 + 41,700^2} = 51,300 \text{ kilog.}$$

La section de l'arc étant de 15,000 mill. carrés au moins,

Fig 4 _ Coupe EF.
(Voir la planche 2.)

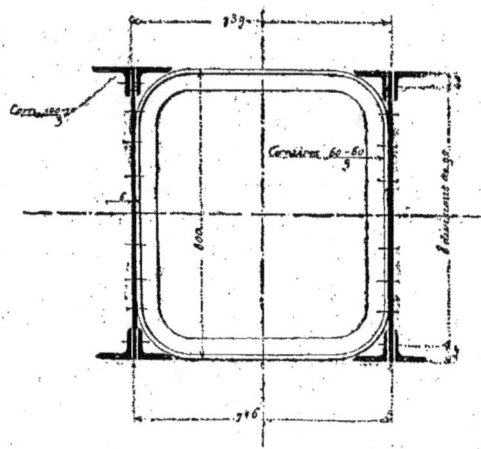

le travail de cette pièce à la compression ne dépasse pas 4 k. 300 grammes par millimètre carré.

M. Tresca a fait des expériences très-intéressantes sur l'une de ces pièces, sortant des ateliers de Gouin, mais les résultats qu'il a obtenus ne sont pas encore publiés. Les personnes qui désireraient des renseignements précis, pourront consulter les *Annales du Conservatoire des arts et métiers.*

Les piliers principaux ont été calculés à la flexion comme des solides sans pesanteur, appuyés sur 3 points et sollicités par une force normale agissant à l'intersection des arcs supérieurs.

Fig. 5.

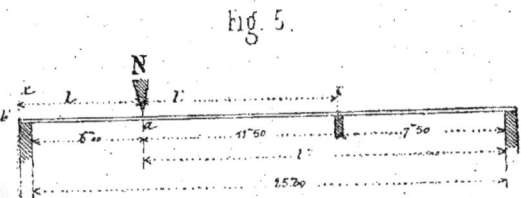

L'effort exercé au point *a* étant de 41,700 kilog., on a calculé la traction exercée sur les tirants par la formule suivante :

$$x = \frac{N \times l'}{l'l} = \frac{41,700 \times 11,50}{17,50} = 27,400 \text{ kilog.}$$

Le diamètre des tirants étant de 0,05, leur section totale de $1,962 \times 2 = 3,924 \,^{m}/_{m}$, par suite, leur travail à la trac-

tion était de $\dfrac{27,400}{3,924} = 7$ kilog. par millim. environ.

Le moment de rupture maximum se trouvait au point d'application de l'effort; il avait été calculé, sans tenir compte de l'appui *c*, par la formule :

$$MR = \frac{Pl'l''}{L} = \frac{41,700 \times 6 \times 19}{25} = 190,152.$$

Les moments de résistances étaient pour les deux âmes et les 8 cornières, en supposant R = 8 kilog. par millim. :

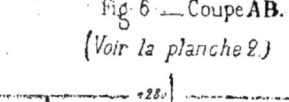

Fig. 6. — Coupe **AB**.

(*Voir la planche 2.*)

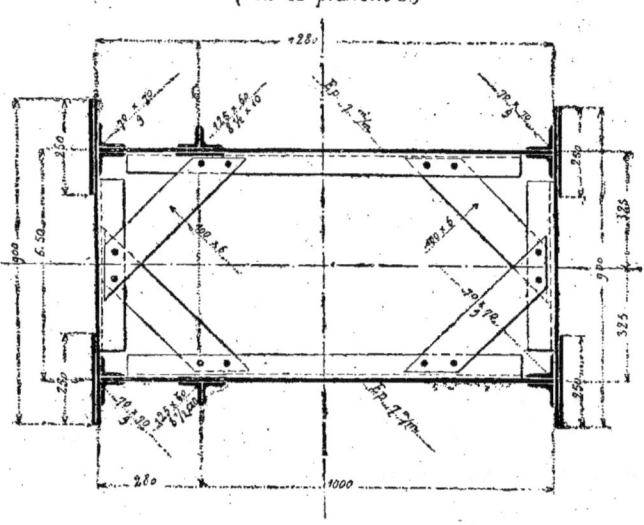

$$8 \times \frac{1,280^3 \times 0,147 - (1,14^3 \times 0,018 + 1,262^3 \times 0,122)}{6 \times 1,28} = 0,082$$

pour les deux tôles de 90 sur 8 :

$$8 \times \frac{1,296^3 \times 900 - 1,280^3 \times 900}{6 \times 1,296} = \qquad 0,06856$$

et pour les 4 plates-bandes :

$$8 \times \frac{1,314^3 \times 0,250 - 1,296^3 \times 0,250}{1,314 \times 6} = \qquad 0,05$$

Soit en total 0,200560

ou par mètre 200,560 ; ce nombre, comparé à 190,152 (moment de rupture), montre que le travail du métal par millim. n'atteignait pas 8 kilog.

Comme compression, les piliers pouvaient travailler sans inconvénient au 1/5 de la charge produisant rupture, soit

$$\frac{2,500}{5} = 500 \text{ k. par } ^c/_m \text{ carré},$$ puisque le rapport entre

les dimensions de la partie libre ne dépasse pas 20. Or, la section minimum d'un pilier était de 0,0360 centimètres et la charge totale de 50,000 k.; donc les dimensions étaient plus que suffisantes pour résister à la compression.

Fig 7 — Coupe CD.
(Voir la planche 2)

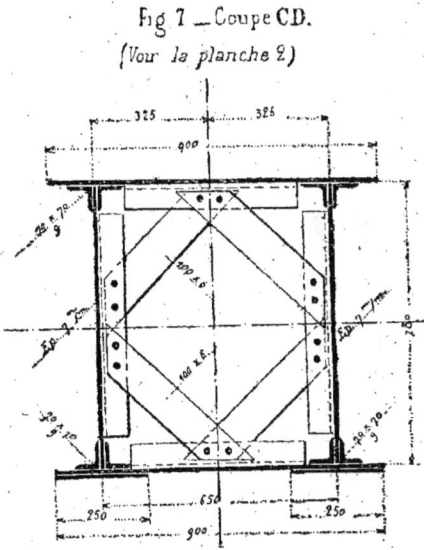

Ces calculs n'ont pas un grand intérêt, car ils n'ont rien de nouveau ; la durée éphémère du palais devait permettre de rechercher des minima dans toutes les parties, mais cette recherche demandait une longue étude impossible à concilier avec les conditions rigoureuses des délais d'exécution.

Les combles Polonceau qui couvraient les autres galeries n'offraient, par leur dimension et leur assemblage, aucune disposition saillante ; le calcul de ce genre de ferme est trop connu pour exiger une mention détaillée dans ce mémoire.

Couverture en tôle ondulée. — Il nous a paru préférable de terminer ce chapitre par quelques lignes sur le système de couverture employé dans les 3 premières galeries.

La tôle ondulée a déjà été appliquée avec succès dans diverses constructions, notamment à l'Arsenal d'artillerie de Metz, aux ateliers du port de Cherbourg, aux forges de Fourchambault, aux magasins du mobilier de l'Etat à Paris et à l'usine à gaz de La Villette.

Seulement, au lieu d'employer de la tôle peinte, comme au palais de l'Exposition, dans les bâtiments que nous venons de citer, on avait eu soin de galvaniser préalablement la tôle pour empêcher l'oxydation.

L'avantage de la tôle ondulée consiste dans l'absence de voliges et de chevrons, et dans la pose directe sur des pannes, éloignées de 3^m,50 et même de 4 mètres.

Nous avons fait personnellement des expériences nombreuses sur les résistances des divers systèmes de couvertures et nous extrayons de notre travail, encore inédit, une série d'essais faits à Montataire sur une feuille de tôle ondulée de 1 millim. d'épaisseur, cintrée suivant un rayon de 7,50 avec 1/15 de flèche et reposant sur ses deux extrémités distantes de 4 mètres.

Cette tôle ainsi cintrée était disposée sur un plancher en bois, et les extrémités étaient butées par deux madriers très-solidement fixés.

Nous avons commencé par diviser l'ouverture en 8 parties égales pour relever exactement les ordonnées pendant la durée de l'essai, et nous avons procédé au chargement régulier, en employant des feuilles de tôle.

La surface totale de la feuille était de $2^{mq},96$; nous avons mis dessus 156 k., soit 50 k. par mètre carré, c'est-à-dire le maximum qu'une couverture peut avoir à porter (neige et vent).

Nous avons alors constaté les résultats suivants :

Fig 8

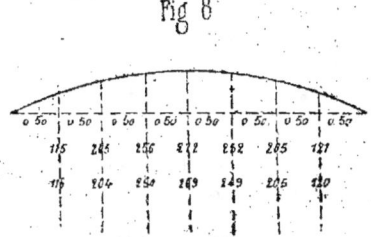

Cette constatation faite, nous avons fait placer en A 80 kilog., représentant le poids d'un homme qui se promènerait sur la toiture.

Fig 9.

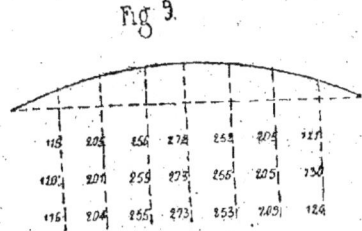

Puis, nous avons mis un nouveau poids de 80 kilog. au milieu ; la flexion maxima a été de 15 $^m/_m$, mais sitôt cette nouvelle charge enlevée, le panneau s'est relevé en ne conservant qu'un aplatissement de 2 millimètres partout.

Enfin, nous avons complété ces essais en plaçant sur la tôle un poids total de 348 kilog. uniformément répartis, ce qui correspondait à 120 kilog. par mètre carré.

Fig. 10

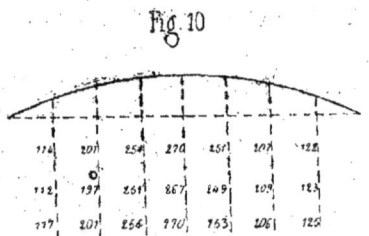

Ces expériences prouvent que la tôle ondulée offre une résistance plus que suffisante pour tous les cas possibles, lorsqu'elle est posée sur deux appuis éloignés de 4 mètres et qu'elle est cintrée dans un rapport de 1 à 15.

CHAPITRE III.

EXÉCUTION DES TRAVAUX.

Entrepreneurs. — Marche des travaux. — Moyens d'action. — Quantités. — Prix de revient.

Confiés à des entrepreneurs de premier ordre, les travaux ont été conduits avec la plus grande célérité et, malgré quelques modifications apportées au projet primitif, il n'y eut ni mécomptes, ni procès, ni retard dans la réalisation de cette œuvre capitale.

En moins de 7 mois, MM. *Andant* et *Jullien*, entrepreneurs des maçonneries, exécutèrent pour près de 2 millions de travaux, et cela dans la plus mauvaise période de l'année (d'octobre 1865 à avril 1866).

Le nivellement du Champ-de-Mars exigea un déplacement de terre de 175,000 mètres cubes et l'addition de 180,000 mètres cubes de remblai. Pour le palais seulement en tranchées et en fondation, il fallut exécuter 60,000 mètres cubes de déblais. Les fondations des grands piliers furent descendues jusqu'au sol vierge, le reste de la construction et notamment la galerie des beaux-arts, n'a été fondée que sur un bon remblai.

Les murs des galeries des beaux-arts et de l'histoire du travail ont été exécutés en maçonnerie de moellons hourdés, partie en mortier de chaux, partie en mortier de ciment ; les voûtes des galeries souterraines ainsi que les piliers du sous-sol de la galerie des aliments ont été construits en béton aggloméré du système *Coignet* ; les murs de la grande nef ont été maçonnés en moellons hourdés de plâtre.

Pour arriver à temps, les entrepreneurs ont dû faire travailler nuit et jour pendant deux mois ; ils ont dû surtout organiser leurs chantiers avec la plus grande surveillance possible, car il n'est pas rare, pendant ces moments de presse, de constater une mauvaise volonté systématique parmi les ouvriers.

Le tableau suivant indique les quantités exactes des différents ouvrages exécutés par l'entreprise Andant et Jullien.

DÉSIGNATION.	QUANTITÉS.
Béton ordinaire.	8536^{mc},67
Béton Coignet	8371 ,00
Moellons hourdés de plâtre . . . . ,	4887 .35
Moellons hourdés de mortier hydraulique.	7713 ,65
Moellons hourdés en ciment de Boulogne.	23410 ,13
Pierre de taille.	54 ,00
Chape ou enduit en plâtre.	44255^{m5},33
Chape ou enduit en ciment.	2750 ,89
Bois mis en œuvre	862^{mc},15
Planchers	3704^{m5},42
Fers.	16879^{k},50
Aqueducs de diverses dimensions	7218^{m},21
Tuyaux de descente	1459 ,06

L'Exposition a été, pour la maison Coignet, une superbe occasion de montrer les applications multiples de son béton aggloméré. On en avait mis partout : sous les voûtes souterraines, dans les galeries d'aération, dans les aqueducs pour les eaux, dans les fondations de machines, dans les dallages, dans les reproductions artistiques, etc. etc. Cependant ce système est loin d'être parfait, il ne présente sur les autres maçonneries ni supériorité, ni économie. Pour avoir un travail satisfaisant avec le béton Coignet, il est nécessaire d'établir un dosage riche en ciment, de l'employer avec un soin tout particulier, une main-d'œuvre irréprochable, ce qu'on est loin d'obtenir dans les conditions ordinaires. En un mot, on peut faire avec le béton Coignet des travaux convenables, mais à la condition de dépenser autant, sinon plus, qu'avec d'autres matériaux. C'est une question de mode, ce n'est pas absolument mauvais, mais c'est loin, bien loin, de mériter les éloges qu'on lui prodigue depuis quelque temps.

Partie métallique. — L'exécution de la partie métallique a été adjugée à MM. *Cail* et *Cⁱᵉ*, *Gouin*, *Joret*, *Joly*, *Rigolet* et *Eiffel*. Ces six constructeurs ont rivalisé d'intelligence et de zèle, et ils sont parvenus, dans l'espace d'une année, à mettre en œuvre la quantité prodigieuse de 14 millions de kilogrammes, fer ou fonte.

La maison Cail, en participation avec la Compagnie de Fives-Lille, a exécuté pour sa part 44 travées des grandes galeries, la moitié du travail total. Le montage de ce lot, le plus important de tous, a été effectué en moins de six mois, à l'aide de deux grands échafaudages roulants qui régnaient sur toute la largeur de la nef principale. Deux grues roulantes, placées au-dessus de ces charpentes, élevaient les pièces de la toiture, et deux treuils très-puissants, fixés dans le bas, servaient au levage des piliers. Le montage complet d'une travée se faisait en 4 jours. Les travaux étaient conduits par M. *Moreaux*, l'un des ingénieurs les plus capables que nous ayons en France.

M. Gouin était chargé de la construction de 32 travées, représentant les 4/11 de la grande nef et de ses dépendances. Au lieu d'échafaudages mobiles, ce constructeur s'est servi de grandes chèvres pour le levage des piliers. Pour lever et assembler toute la toiture, il a établi un grand plancher provisoire à la naissance des arcs supérieurs, occupant une longueur de 3 travées. Ce plancher était posé sur deux poutres américaines de 1ᵐ,60 de hauteur, boulonnées sur les piliers.

Cette idée de faire servir une partie de la charpente au montage du reste, a donné d'excellents résultats économiques, on doit en féliciter M. *Fouquet*, directeur de la maison Gouin.

M. Joret, de Montataire, n'avait que 12 travées à faire, aussi se dispensa-t-il d'employer d'aussi grands moyens, il procéda au levage des fermes, avec des échafaudages très-légers reliés par une plate-forme en gradins.

4

Les fermes Polonceau ont été levées tantôt tout assemblées, tantôt par parties isolées ; dans le premier cas, on se servait de chèvres ordinaires ; dans le second, on faisait usage d'échafaudages roulant sur 4 cours de rails.

Tous les fers et les tôles employés dans l'édifice, sont de provenance française ; ce sont les usines du Creusot, de la Providence ; de Châtillon et Commentry et de Montataire qui ont fourni ces matériaux.

Les charpentes et couvertures métalliques ont exigé :

$$
\begin{array}{ll}
11,154,074 \text{ kilog. de fer,} \\
1,000,819 \quad — \quad \text{tôle ondulée,} \\
1,739,251 \quad — \quad \text{fonte.}
\end{array}
$$

Total.   13,893,644

Les prix moyens ont été, toutes dépenses comprises :

Fers gros et petits...... 0,59 le kilog.
Tôles ondulées .... 0,72 —
Fontes grosses et petites. 0,39 —

Chevronnage. — Le chevronnage a été entrepris par M. *Dubrujeaud;* ce travail comprenait la fourniture et la mise en œuvre de :

801 mètres cubes de bois de sapin ;
1,332 mètres carrés de voliges ;
468 caillebottis pour le passage de l'air ;
13,347 kilog. de fers ;
139,038 vis à bois.

Zincage, vitrerie, peinture. — La surface couverte en zinc était de 58,915 mètres cubes, elle a été adjugée à M. *Gofferion.*

La surface vitrée pour comble était de 50,014 mètres et pour parois de 17,314 mètres cubes. Le travail a été fait par M. *Langois.*

Les travaux de peinture ont été confiés à MM. *Nicolle* et *Lefèvre*. La couleur extérieure, dite bronze d'acier, a été substituée à la couleur orange primitivement adoptée. C'était mieux, il est vrai, mais cela a coûté 100,000 fr. de plus.

Revêtement du sol. — Le plancher de la galerie de l'histoire du travail mesure 2,432 mètres, il a coûté 16,233 francs.

On a employé pour les dallages :

sur 10,233 mètres, le béton Coignet ;
sur 16,060   —   le mortier de ciment de Boulogne ;
sur 1,707   —   l'ardoise comprimée, système Sébille.

Le béton Coignet   revenait à 3^f,60 le mètre ;
Le mortier de ciment   —   3^f,45   —
L'ardoise Sébille   —   6^f,75   —

Paratonnerres. — Il y avait 44 paratonnerres avec leurs conducteurs et tous les accessoires ; ce travail a été fait par MM. *Leturc* et *Beaudet*, au prix total de 15,200 fr.

Voici le poids des pièces des 3 galeries extérieures :

1re Galerie (aliments).

Un pilier............	1,150 kilog.
Deux consoles........	20 —
Une ferme...........	1,225 —
Pièces longitudinales ...	1,100 —
Tôles ondulées........	1,370 —
Entretoises extérieures..	700 —
Total pour une travée.	5,565 kilog.

Surface d'une travée 91 mètres,

$$\frac{5,565}{91} = 61 \text{ kilog. par mètre.}$$

2ᵉ Galerie (grande nef des machines).

Deux piliers........ 24,000 kilog.
Un arc .... 10,000 —
Pièces longitudinales.. 23,000 —
Verrières .... 15,300 —
Tôles ondulées......   7,500 —
          Total..... 79,800 kilog.

Surface d'une travée 483 mètres.
Poids par mètre carré 165^k,22.

3ᵉ Galerie (produits bruts).

Un pilier et demi..... 1,600 kilog.
Deux consoles........   63 —
Une ferme.......... 1,720 —
Pièces longitudinales.. 1,770 —
Entretoises intérieures..   620 —
Lanterneaux ....   900 —
          Total....... 6,673 kilog.

Surface d'une travée 130 mètres.
Poids par mètre carré 51^k,35.

Tableau des prix de revient de chaque partie du travail.

CHAPITRES.	DÉPENSE PAR MÈTRE SUPERFICIEL.	DÉPENSE TOTALE.
Chapitre 1ᵉʳ. Terrassement et charpentes en bois.	12^r,10	1,854,768^f,23
Chapitre 2. Charpentes en fer. . . .	52,02	7,970,799,08
Chapitre 3. Couverture, zincage, vitrerie et chevronnage.	5,70	874,070,85
Chapitre 4. Décoration, peinture . .	3,71	567,890,85
Chapitre 5. Planchers et dallages. .	1,34	205,697,34
Chapitre 6. Frais généraux	1,89	289,860,66
TOTAUX	76^f,76	11,763,087^f,00

Ainsi le bâtiment a coûté près de 12 millions et on espère que la vente des matériaux rapportera 1,500,000, c'est donc 10 millions 1/2 de perdus du chef du palais seulement.

CHAPITRE IV.

MÉTALLURGIE.

Préambule historique. — Examen rapide des progrès révélés par les Expositions universelles.

De tout temps, on a fabriqué du fer et même de l'acier; les traditions des âges les plus reculés font mention de l'emploi de ces métaux.

Quelques procédés anté-historiques se sont conservés chez les peuples des Indes ; à Madagascar, en Afrique et, chose plus remarquable encore, chez nous, en plein XIXᵉ siècle, on retrouve des usines qui font usage de procédés métallurgiques pratiqués chez les Romains, décrits par Pline le Jeune, qui dit expressément qu'ils sont empruntés aux anciens.

La forge catalane, les feux corses et toscans sont des exemples de la persistance des méthodes primitives.

Ces exceptions ont une grande utilité au point de vue de la comparaison, elles peuvent mesurer l'abîme qui sépare les errements antiques et les moyens puissants de l'industrie moderne. Les anciens tâtonnaient, la métallurgie chez eux était un ensemble de pratiques mystérieuses, immuables, que les maîtres transmettaient aux initiés. Les besoins étaient limités, les matières premières ne coûtaient rien ou à peu près rien, en comparaison du produit de l'objet ouvragé. L'économie politique, en un mot, n'avait rien à faire dans cette fabrication sans règles ni principes.

Aussi, peu importe qu'un Tubal-Caïn ait forgé la première charrue, qu'un Vulcain, l'artiste le plus renommé de la Grèce, ait forgé des armes sans pareilles ; peu importe que la grande Rome eût armé ses trirèmes d'éperons en fer durci par la trempe, tous ces souvenirs sont les pâles reflets d'une industrie à l'état embryonnaire.

L'invention de la machine à vapeur, la création des voies ferrées, la construction des vaisseaux en fer et surtout la nécessité de suppléer aux immenses richesses forestières, qui, petit à petit, s'épuisaient, donnèrent une impulsion nouvelle à la métallurgie.

Au fur et à mesure des besoins, les forges développèrent leur moyen d'action, et la consommation devint telle qu'on dût bientôt songer à économiser et le minerai et la houille.

La question économique domina alors la fabrication, et c'est sous cette idée rationnelle que les progrès les plus considérables s'accomplirent comme par enchantement. Il est vrai d'ajouter que la chimie venait de se révéler comme science exacte et qu'elle contribua à détruire les obstacles dressés par la routine.

Les Expositions universelles ont jeté sur la métallurgie un éclat tellement vif, que ceux-là mêmes qui sont le plus habitués au triomphe de la science sur la matière, les ingénieurs, les chefs d'usine, ont été émerveillés, éblouis par la splendeur des résultats obtenus en quelques années seulement.

L'Exposition de 1851 mit à jour les différents procédés usités dans la fabrication du fer, par la Prusse, la Suède, l'Angleterre et la France. Bien que présentant des différences très-marquées entre eux, tous ces procédés n'avaient rien de bien particulier, ils accusaient un grand perfectionnement sur les anciennes méthodes, mais non un changement radical de fabrication. Quoiqu'il en soit, les grands maîtres de forge venaient de se mesurer côte à côte et l'état actuel de la métallurgie se trouvait parfaitement déterminé.

En 1855, l'acier puddlé faisait son apparition, l'acier fondu se présentait sous des aspects nouveaux : Krupp exposait un lingot du poids de 2,500 kilogrammes, jamais on n'avait rien vu de semblable. Bochune envoyait un trio de cloches en acier moulé, Verdier présentait son acier mixte.

La fabrication des grandes tôles et des fers spéciaux pour le bâtiment avait déjà pris une grande extension. Une tôle de Montataire pesait 1,550 kilog., un rail Barlow, exposé par Rhymney, avait 26 mètres de longueur ; la Providence française avait réussi à produire un fer à I de 0,30 centimètres de hauteur et de 6 mètres de longueur ; le Creusot, enfin, envoyait une plaque de blindage en fer forgé de 11 centimètres d'épaisseur.

La maison Petin-Gaudet tenait déjà le haut du pavé comme pièces forgées, le modèle d'un arbre pour la marine attirait tous les regards, la pièce avait 6 coudes et pesait 23,000 kilogrammes.

Chenot père exposait ses éponges de fer, germe fécondé depuis d'une nouvelle et admirable fabrication.

Ajoutons à cette liste, déjà longue, l'apparition des premiers bandages sans soudures, et des roues entièrement forgées.

Nous voici en 1862, tous les grands métallurgistes sont en présence (1), leurs produits sont incomparablement

---

(1) Des raisons toutes exceptionnelles avaient forcé la maison Petin-Gaudet de s'abstenir.

plus beaux qu'en 1855, mais tout pâlit devant la découverte de Bessemer.

Quelle exposition que celle de Bessemer ! Une collection complète de toutes les transformations, de tous les emplois de l'acier. On était étonné, stupéfait même, mais *pas convaincu*. Il est impossible de se faire tout d'abord à l'idée qu'un simple courant d'air comprimé traversant la fonte liquide puisse donner immédiatement un métal malléable, facile à couler, à étirer, à emboutir, à forger. Et que ce métal, *véritable Protée*, prenne les formes multiples de toutes les pièces imaginables !

Krupp, le « *Roi des aciers*, » comme on le désignait déjà, présentait un bloc d'acier, sans soufflures, fondu au creuset, pesant 21,000 kilogrammes, et des canons parfaitement traités. Bochune assourdissait les visiteurs avec un bourdon en acier fondu de 10,000 kilogrammes.

Les blindages, dont la guerre de Crimée avait consacré l'utilité, étaient placés au premier rang ; les bandages, les essieux, les ressorts et toutes les pièces du matériel des chemins de fer avaient progressé sous tous les rapports : meilleure qualité de matières, travail plus soigné, prix de revient plus faibles.

Des fers spéciaux de grandes dimensions, des collections superbes de minerais et de houille complétaient la remarquable exposition métallurgique de 1862.

Les Anglais s'y étalaient avec l'assurance que donne une supériorité incontestée, les Allemands arrivaient à produire une profonde sensation, les Français tenaient leur rang avec amour-propre et intelligence. Bref, il résulta de ces attitudes respectives qu'une lutte suprême allait bientôt s'engager entre les diverses nations industrielles.

L'Amérique seule, s'était tenue à l'écart, occupée à soutenir une guerre fratricide ; mais le récit de ses construc-

tions navales formidables, de ces engins d'artillerie ter-
ribles faisait pressentir que la métallurgie avait également
progressé de l'autre côté de l'Atlantique et qu'à la première occasion, le concours international compterait un
champion redoutable de plus.

C'est donc sous une impression solennelle que s'ouvrit
l'Exposition de 1867. On craignait bien un peu qu'un
espace de 5 ans ne soit pas suffisant pour produire des
résultats différents caractérisés, mais on avait hâte de se
revoir. La lutte pacifique de l'industrie est devenue un
des plus grands besoins des peuples.

Aussi les hommes spéciaux furent-ils très-étonnés de
rencontrer dans l'Exposition non-seulement les plus magnifiques collections de produits bruts ou ouvragés, mais
encore une transformation nettement accusée des moyens
employés à la production.

L'Exposition du Champ-de-Mars ne fut donc pas pré-
maturée.

L'examen qui va suivre ne portera que sur les améliorations les plus saillantes, de façon à mettre en lumière les
causes qui influent sur les progrès de la sidérurgie et,
bien à regret, on passera sous silence des travaux qui, à
tout autre concours, se fussent trouvés au premier rang.

L'époque actuelle est utilitaire avant tout. C'est dans
*cette vue de positivisme éclairé que cette revue sera ren-
fermée.*

CHAPITRE V.

Petin-Gaudet, Creusot, Krupp, Arbel, Marrel, Terre-Noire.

PETIN-GAUDET ET Cie

Société des hauts-fourneaux, forges et aciéries de la marine
et des chemins de fer.

La maison Petin et Gaudet représente l'industrie du *fer
ouvré*, dans son état le *plus élémentaire*.

La Société ne vend pas, à proprement parler, du fer
marchand, elle lui donne d'abord une première façon,
si limitée qu'elle soit : c'est surtout ce qui la distingue de
tous ses concurrents de premier ordre. Le Creusot est
marchand de fers et marchand de machines. Les Petin
et Gaudet sont essentiellement forgerons. Krupp est exclusivement fabricant d'acier et de pièces de forge en acier,
y compris les canons ; Petin et Gaudet seront fabricants
de pièces en acier comme Krupp, mais en outre ils sont,
et restent au grand concours de 1867; les premiers forgerons du monde, dans le sens large du mot.

Ce n'est pas à dire que des concurrents sérieux ne
viennent leur disputer le terrain ; mais, sur la question
d'ensemble, la maison qui nous occupe domine de haut la
situation par la supériorité de ses moyens d'action, l'intelligence et l'activité de sa direction, et le concours actif
d'un état-major distingué, recruté en grande partie chez
les élèves des arts et métiers.

MM. Petin-Gaudet et Cie ont exposé, classe 40, à droite

de la grande entrée du pont d'Iéna, des spécimens bien classés pour l'étude.

A l'extérieur, une bague ou frette-tourillon de convertisseur Bessemer, assez mal réussie comme apparence de peau de métal, représente une difficulté de moulage vaincue. Plus loin, des blocs de minerai oxydulé magnétique de l'île de Sardaigne, dénote le soin que les exposants ont eu de se pourvoir des moyens naturels de suprématie dans leur art.

Ces magnifiques minerais de Saint-Léon, exempts de soufre, compacts, faciles à transporter en raison de leur richesse en fer, forment la base de mélanges choisis dans les hauts-fourneaux de Toga et de Givors.

Les hauts-fourneaux de Toga travaillent au charbon de bois ; le lit de fusion consiste en minerai de Saint-Léon, île d'Elbe et Corse, avec des castines très-pures exemptes de phosphore. Ces hauts-fourneaux livrent des fontes de choix aux 6 feux d'affinerie de Toga et expédient à Saint-Chamond des gueuses traitées pour blindages, frettes, et bandages dans les fours à puddler de cette vaste forge. Il y a quatre hauts-fourneaux à Toga.

Les hauts-fourneaux de Givors traitent au coke les minerais de Saint-Léon (Sardaigne), des minerais de Mockta-el-Hadid (Algérie) et des minerais de Garrucha et autres districts miniers de la province d'Alméria. Les trois hauts-fourneaux de Givors fournissent des fontes exemptes de soufre, en raison du manganèse contenu dans les minerais et de la pureté de la castine. Ces conditions sont indispensables pour la production du métal Bessemer à laquelle les fontes de Givors sont plus particulièrement destinées.

Les deux hauts-fourneaux de Clavières sont conduits en allure de fonte d'affinage au bois, avec les minerais pisciformes (40 p. 0/0) de Châteauroux ; il y a dans cette usine 8 feux d'affinerie comtois.

La production totale des hauts-fourneaux est estimée à 54,000 tonnes par an.

Les usines de transformation sont :

Saint-Chamond, comprenant :

60 fours à puddler ;

40   —   à réchauffer ;

4 trains de puddlage ;

3 grands mills pour rails en acier, cornières et fers divers ;

1 moyen mill ;

2 trains de tôlerie ;

1 train de blindages ;

1 train à grands fers à double T obtenu à toute hauteur (fig. 11) ;

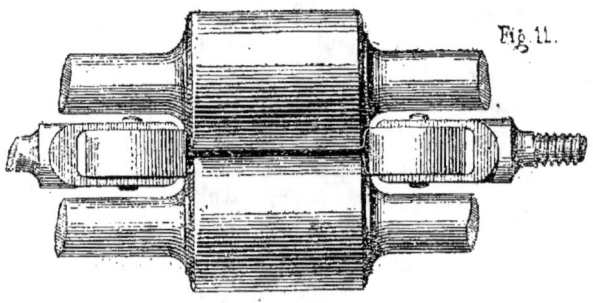

Fig. 11.

3 trains de bandages pour wagons et frettes cylindriques ;

1 train pour roues pleines ;

1 fonderie pouvant couler et manœuvrer une pièce de 50,000 kilog. de poids ;

1 atelier de montage de pièces pour l'industrie, la marine et la guerre.

A Rive-de-Gier, on forge des pièces qui ont acquis à la

maison Petin-Gaudet une réputation universelle incontestée. On trouve dans cette usine :

16 marteaux-pilons, dont un de 15,000 kil. ;

1 en montage de 25,000 kil., pouvant forger les gros
canons de 25 à 30 tonnes.

De cet atelier sont sorties les pièces de forge les plus
estimées, tels que les arbres à 6 coudes de l'*Eylau* et
nombre d'autres de 12 à 15 tonnes.

A Assailly (Loire), se trouve la fabrique d'acier la plus
complète après celle de Krupp.

Une fonderie d'acier au creuset, au coke ou à la houille,
pouvant utiliser 500 creusets (Krupp. 1,500) et pouvant
couler des lingots de 15,000 kilog. (Krupp 40,000).

Une fonderie de métal Bessemer, comprenant deux con-
vertisseurs de 7,000 kil. et un en montage de 9,000.

Un atelier de moulage d'acier ; un atelier pour la fabrication des ressorts de chemins de fer ; 15 fours de cémen-
tation ;

1 train pour tôle d'acier ;

3 trains de laminoir ;

10 marteaux-pilons ;

Des martinets pour ébaucher et finir l'acier en barres.

Les divers ateliers occupent 5,200 hommes et emploient
6,000 chevaux-vapeur.

La production totale du fer et de l'acier est de 50,000
tonnes et représente une valeur de 30 à 35,000,000 de
francs (Creusot 35,000,000, Krupp 37,500,000) environ.

42 navires sont munis des plaques Petin-Gaudet et Cie.

Dans le pavillon, on remarque :

Une plaque cassée, montrant le métal pour blindages.

Cette plaque présente un ensemble de grains et de
nerfs bien étoffé.

Deux lingots de 25,000 kilog. dont la cassure ne présente rien d'extraordinaire. Chacun de ces lingots repré-

sente le lingot de Krupp en 1862, à Londres. Ce n'est pas
là le côté fort de MM. Petin-Gaudet, leur domaine est dans
la hardiesse de leurs pièces de forge et de laminage.

Voici, pour la première fois, des poutres à double T de
1 mètre de hauteur d'âme, et de dix mètres de longueur,
pesant *malheureusement* 2,475 kil. ! Ce qui les rend d'un
emploi difficile.

Voici également des fers en croix d'une difficulté inouïe
de laminage qui ont 0,50 de diamètre.

Il est remarquer que ces produits ne sont pas des tours
de force reposant sur un ensemble exceptionnel de moyens
employés pour arriver à l'effet : un outil spécial, nouveau, rationnel, bien compris et bien exécuté, permet une
fabrication courante de ces fers spéciaux si intéressants
(fig. 11).

Les dimensions des fers à T exposés étaient :

Longueurs.	Hauteurs.	Poids.
32,00	0,280	1,350 kil.
32,20	0,300	1,800
26,40	0,350	2,300
21,60	0,400	2,270
19,00	0,500	2,250
15,50	0,900	2,300
12,70	0,800	2,280
10,00	1,000	2,475

Commentry expose des fers à T de 1^m,20 d'âme, mais
pas de fers en croix ; le laminoir Petin-Gaudet se prête facilement aux deux formes.

Ces nouveaux fers sont lourds, il est vrai, mais les fers
de 0,40 à 0,50 de la Providence, si employés partout et
fabriqués partout, n'étaient-ils pas considérés comme
lourds et impossibles à leur apparition ?

Que les grands fers à T viennent à s'alléger un peu et
leurs emplois seront fréquents.

Des tôles bien réussies, à grande largeur, en fer et en acier, un gros balancier de mines, une série de boulets, un canon brisé en deux longitudinalement, une collection très-variée de ressorts Belleville à disques coniques, des pièces de forge brutes et ouvrées, des bagues ou frettes de canons, des bandages très-propres, des cassures de fer, fer à grain, acier puddlé, acier fondu, acier Bessemer, des moulages divers, etc. Un bel assortiment de la nouvelle fabrication de l'usine d'Assailly, des canons de fusils forgés au marteau-pilon à grande vitesse, des pièces d'armurerie et de fusil Chassepot, des modèles des divers navires blindés avec les plaques de la maison Petin-Gaudet, des plaques éprouvées et d'autres non éprouvées, tel est, avec un bel assortiment de fontes, l'ensemble de l'exposition de MM. Petin et Gaudet.

Pour le public, un canon bien fini (sauf le taraudage de la culasse), de 0,24 d'âme,

5,46 de longueur,
16,000 kil. de poids,

monté sur un affût en tôlerie de Durenne, était la pièce principale. Ce canon, d'ailleurs, était parfaitement exécuté et présentait des lignes incomparablement plus harmonieuses que celles du canon de Krupp.

La récompense (1) que MM. Petin-Gaudet ont si bien méritée est un exemple du succès amené par une infatigable persévérance et un travail assidu.

LE CREUSOT (SCHNEIDER ET Cⁱᵉ).

L'Exposition du Creusot suffirait à elle seule pour prouver la puissance industrielle d'une nation.

On trouve tout dans ce magnifique établissement:

---

(1) Un grand prix.

houillère, mines de fer, fabrication des briques, carbonisation des houilles, grillage des minerais, ateliers de cassage et de préparation des matières mises en œuvre dans les hauts-fourneaux. La fonte s'y transforme en fers, en aciers puddlés ou en métal Bessemer, dans une forge où les matières suivent sans encombre une marche successive d'élaborations méthodiques sans fausse manœuvre, de façon que les fontes entrent sur wagonnets d'un côté et sortent de l'autre converties en barres, tôles, rails, prêts à être expédiés aux consommateurs. Parmi ceux-ci figure, pour un chiffre notable, le Creusot lui-même, qui est un des plus grands constructeurs de machines locomotives, de mines, de bateaux, de navires, de ponts métalliques, etc., qu'il y ait au monde.

En dehors de l'industrie, on trouve au Creusot des institutions de prévoyance, de retraite, de secours, d'hygiène, des facilités d'acquisition de propriétés par le travail, des écoles à divers degrés pour filles et pour garçons, des bibliothèques, un télégraphe, etc., etc.

Le Creusot, admirablement administré, donne un remarquable exemple d'ordre privé et d'ordre public, aussi a-t-il obtenu dans le nouvel ordre de récompenses la distinction qu'il méritait.

Il ne saurait être question ici que de l'Exposition métallurgique du Creusot.

Elle est classée avec une méthode qui en fait une collection technique précieuse pour les connaisseurs. Les douze vitrines contiennent les échantillons types, dans l'ordre même de l'élaboration successive du fer.

Les deux premières renferment les combustibles et les minerais. La troisième, les échantillons de fonte. La quatrième, les profils des fers spéciaux de l'album du Creusot. Les sept autres sont destinées à montrer les sept qualités de fer produites à l'usine. C'est la partie neuve de cette exposition et une innovation que les maîtres de forge feront bien de suivre à l'avenir.

Quelques mots à ce sujet.

On sait combien il est difficile pour l'acheteur d'apprécier ce que le vendeur entend par qualité, ou réciproquement. Le Creusot, après des essais sans nombre, des épreuves multipliées de résistance, des mélanges particuliers de fontes de qualités bien définies, est enfin arrivé à établir sept types bien caractérisés : ce sont ces sept types, dont la description va suivre, qui font loi sur le marché des fers.

Le type n° 1, fabrication des rails, coûte 10 fr. de moins que le fer ordinaire. La confiance du Creusot dans ce type est telle que cette usine a garanti une durée de cinq ans en échange d'une fabrication libre.

La Compagnie Lyon-Méditerranée a accepté.

Le type n₀ 2 est le *fer ordinaire du commerce*, il est l'étalon régulateur des prix des fers marchands et le prix de base des six autres types. Lors de l'Exposition, ce prix était sensiblement 190 fr. la tonne en gare de l'usine. Ce fer est de bonne qualité pour les échantillons courants ; il se travaille facilement à chaud.

Le type n° 3 correspond au n° 2 ayant subi un corroyage. Le Creusot le compare au « *best staffordshire* » (meilleur staffordshire) 25 francs par tonne de plus que le n° 2.

Le type n° 4 correspond au « *best best staffordshire,* » il coûte 50 fr. de plus que le n° 2. Cette qualité est peu courante ; on lui préfère la suivante.

Le type n° 5 vaut 90 fr. de plus que le n° 2. Il équivaut au « *best best best staffordshire.* » Des échantillons travaillés à froid et à chaud dénotent une qualité *extra*.

Le type n° 6 équivaut aux fers au bois et à ceux du *Jorkshire* ; il vaut 140 fr. de plus que le n° 2.

Le type n° 7 est le concurrent des fers de Suède ; il est vendu 200 francs de plus que le n° 2 , soit environ 390 fr. en gare de l'usine, ce qui correspond au prix des fers de Suède sur le littoral.

Ce fer est très-ductile, il fournit des tôles qui sont vendues 600 à 650 fr., prix des tôles fines de Comté.

Cette qualité prouve ce qu'un bon travail peut produire d'effet sur des matières traitées exclusivement au *combustible minéral*.

Toutes ces qualités de fer sont distinctes les unes des autres par un cachet « *sui generis* » qu'une description ne peut pas rendre. Les épreuves de résistance, les divers modes de forgeage, laminage, estampage, emboutissage à chaud ou à froid, les flexions, torsions, compressions de toutes sortes que ces fers ont subies en démontrent les caractères distinctifs ainsi que *le soin* et le *réussi* de l'ensemble et des détails de la fabrication du Creusot.

Parmi les tours de force d'ouvriers, prouvant en même temps la qualité des n°s 6 et 7, on voyait un casque, un chapeau de mineur, une casserolle...., un grand chapeau de Napoléon 1er (dans une armoire au-dessous et non exposé au public) très-bien réussi.... Une quantité de pièces ou chefs-d'œuvre de haute fantaisie, produits par les ouvriers, pour montrer combien les n°s 6 et 7 peuvent rendre de services dans la fabrication des pièces de sujétion.

Comme pièce d'application, un dôme de prise de vapeur et un bassin embouti avec rebord de 340 millimètres.

Le Creusot, on le voit, s'est appliqué d'une manière toute spéciale à la fabrication des fers marchands et surtout des tôles, et il y a réussi complètement ; c'est son caractère distinctif.

Sa classification de qualités est destinée à produire une uniformité de désignation très-désirable.

Cet établissement ne s'est pas attaché à une exposition de *tours de force* ; il est inutile de citer les quelques tôles et fers qu'il expose , personne n'ignore ce dont le Creusot est capable en fait de grandes constructions métalliques.

Avant de terminer cet aperçu rapide de la fabrication du fer au Creusot, on peut signaler les cylindres de laminoir, trop polis peut-être, mais excellents ; les pièces de moulage en fonte des machines marines, qui dénotent de la part de la fonderie un état de perfection qu'on ne trouve que dans les établissements de premier ordre.

La statistique suivante indique l'importance des établissements dirigés par MM. Schneider et Cie.

Consistance des usines du Creusot.

EXERCICE 1867 - 1868.

Nombre d'ouvriers.

Chemins de fer et services divers...	850
Minerais...	650
Houillères...	1,450
Hauts-fourneaux...	750
Forge...	3,250
Ateliers de construction...	2,500
Chantier de Châlon...	500
Total...	9,950 ouvriers.

Étendue des usines.

Surface totale...	125 hectares.
Surface des bâtiments...	20
Total...	145 hectares.

Chemins de fer.

Étendue des voies...	70 kilomètres.
Nombre de locomotives...	16

Tonnage annuel extérieur....... 720,000 tonnes.
— intérieur........ 690,000
Mouvement de la gare centrale... 1,410,000
Nombre de trains journaliers à la
gare centrale.................. 152 trains.

Minerais.

Deux concessions adjacentes en ex-
ploitation...................... 15 kil. carrés.
6 machines à vapeur, ensemble... 90 chev. vap.
Production annuelle............. 300,000 tonnes.

Houillères.

Une concession exploitée .... 64 kil. carrés.
6 machines d'extraction, ensemble.. 350 chev. vap.
2 pompes..................... 400 —
7 machines diverses .... 50 —
Production annuelle............. 250,000 tonnes.
15 hauts-fourneaux.
Fours à coke horizontaux........ 150
— Appolt............. 10
7 machines soufflantes, ensemble... 1,350 chev. v.
10 machines diverses, ensemble.... 150 —
Production annuelle............. 130,000 tonnes.

Forge.

85 machines à vapeur, ensemble... 6,500 chev. v.
Pilons....................... 30
Laminoirs complets pour puddlage.. 15
Laminoirs pour fers à tôle........ 26
Fours à puddler................ 130
Fours à réchauffer.............. 85
Production annuelle............. 110,000 tonnes.

Ateliers de construction.

32 machines à vapeur, ensemble.... 700 chev. vap.
Pilons......................... 26
Machines-outils................. 650

Production.

Machines de navigation.
Machines fixes.
Locomotives.
Ponts et charpentes.
Machines et appareils de toutes sortes.
Chaudières, moulages.
Pièces de fonderie.
Valeur annuelle.............. 14,000,000 francs.

Services divers.

15 machines à vapeur, ensemble.... 160 chev. vap.

La moyenne des salaires, dont la totalité se chiffre en 1867 par près de 10,000,000 fr., s'est élevée, dans la période de 1850 à 1866, de 2,56 à 3,45, ce qui donne une augmentation de 30 p. 0/0 en 16 ans.

La journée, pour les ouvriers habiles, peut atteindre 8 francs, dans les ateliers de construction, et jusqu'à 10 à 11 francs, à la forge.

Les enfants gagnent 0f,75 au début et arrivent bientôt à 1f,50 à 2 fr.

Le nombre de journées de présence a été de 24 par mois en moyenne, depuis les 3 dernières années.

La durée du travail varie de :

11 heures effectuées aux ateliers de construction et travaux divers.

12 heures effectives à la forge avec des temps de repos.

12   —   à la mine —

La population du Creusot qui, en 1836, était de 2,700 habitants, est actuellement de 23,872. En 1780, c'était un hameau, et en 1781, Perrier, Beltinger et Cie y fondèrent une première société industrielle. En 1845, MM. Schneider et Cie prirent l'usine du Creusot produisant 4,000 tonnes seulement et extrayant 60,000 tonnes de houille.

On voit par ce qui précède quel développement extraordinaire peut produire, en quelques années, une bonne direction, et combien la France doit se glorifier de posséder un établissement aussi gigantesque.

FRIEDERICH KRUPP, A ESSEN (PRUSSE).

L'exposition de Krupp se présente avec un caractère original mais bizarre. Un gros canon très-lourd de formes et de poids, monté sur un affût massif (en bois pour modèle), excitait la curiosité de tous.

Ce canon rayé, se chargeant par la culasse, avait été forgé au marteau-pilon de 50,000 kil. que possède l'usine d'Essen, dans un lingot d'acier fondu au creuset; analogue à celui exposé en face du canon.

En voici les dimensions principales :

Canon de 1,000, monté sur affût en acier fondu forgé.

Poids du canon avec fermeture..	50,000 kil.
Prépondérance d'équilibre......	0,750
Diamètre de l'âme............	0^m,356
Longueur totale du canon.......	5 ,340
Nombre de rayures...........	40
Profondeur des rayures........	0^m,004
Longueur du pas.............	24^m,892 et 25^m,466
Poids du projectile plein en acier fondu..................	550 kil.
Poids de l'obus en acier fondu ...	490^k,500

Savoir : Projectile . . . . $382^k,500$
         Manchon de plomb. .   100 ,000
         Charge du projectile   8 ,000
            Total . . . . $490^k,500$

Charge de poudre de la pièce. . . .   50 à 55 kil.

Le poids de l'affût est 15,000 kil. et la plaque tour-
nante de tir 25,000 kil. (ce châssis n'a pas été exposé).

M. Krupp a dû faire fabriquer un wagon spécial pour
amener cette pièce à l'Exposition ; ce wagon, du poids
de 23,000 kil., en fer, monté sur 12 roues, a pu être
vu à la gare du Champ-de-Mars.

M. Krupp exposait en outre 1 canon de   12,000 kil.
                         1   —   4,250
                         1   —   430
Un canon de 4 rayé pesant.   275
Un se chargeant par la bouche. . . . . . . $97^k,500$

L'objet capital de l'exposition de l'usine d'Essen était,
sans contredit, le lingot de 40,000 kil. fondu au creuset,
destiné à un arbre de couche de navire à vapeur et me-
surant $1^m,467$ de diamètre.

Il n'est pas inutile d'indiquer la progression que les
lingots de cette maison ont suivie depuis 1851, à Londres,
où un lingot exposé pesait. . . . . . .   2,250 kil.
        En 1855, à Paris   5,000
        En 1862, à Londres   20,000
        En 1867, à Paris   40,000

L'utilité de ces énormes masses est incontestable. Dès
qu'on est en possession d'un lingot sain, homogène, d'un
acier digne de ce nom, et qu'on soumet cette pièce à un
martelage ou laminage convenable, on en tire à coup sûr
un objet travaillé sur lequel on peut compter. Le lingot
de 40,000 kilog., exposé en 1867 et destiné à un arbre de

bateau, est un exemple saillant des demandes de l'industrie privée.

Le canon-monstre, qui lui fait face, est un exemple non moins saillant de ce que la guerre et la marine peuvent exiger.

L'industrie métallurgique aux prises avec ces deux courants intenses, l'un pacifique, l'autre militaire, doit se multiplier pour satisfaire à tout.

Jusqu'ici, on voit Krupp sous le jour d'un arsenal, son gros lingot nous montre la marine, ainsi qu'un petit arbre coudé pour navire à hélice transatlantique. Cet arbre, tiré d'un lingot de 27,500 kilog., pèse fini 9,250 kilog., mesure 7^m,846 sur 0^m,392 de diamètre.

On va trouver maintenant le côté des chemins de fer et commercial de l'exposition d'Essen.

D'abord un bandage en acier fondu sans soudure de 2^m,51 (système Krupp).

Divers essieux avec roues à rais en fer et bandages en acier ; essieux en acier fondu avec roues pleines en acier fondu ; manivelle en acier fondu, ressorts, etc., etc.

Puis une vitrine contenant des profils de rails en acier polis comme des miroirs, des cylindres de laminoir. Une cornière circulaire sans soudure, des tôles dont l'une pour ponts de 9^m,42 de longueur, 0^m,329 de largeur, 0^m,0218 d'épaisseur, et d'autres tourmentées, tordues, rivées, embouties pour montrer la docilité de la matière à se laisser mettre en œuvre.

En résumé, Krupp se montre le premier fabricant d'acier du monde : il donne la mesure de la puissance et de la vitalité de l'industrie de l'acier fondu.

Au point de vue militaire, il satisfait toutes les exigences, si *même il n'a pas dépassé le but*.

Au point de vue pacifique, il peut rendre pratique les projets les plus hardis, en fournissant aux ingénieurs et aux constructeurs des matériaux homogènes de choix, de dimensions colossales, mis en œuvre au moyen d'un puissant outillage.

Son marteau-pilon de 50,000 kilog. a été mis en doute; il est acquis aujourd'hui que c'est une vérité ; et les besoins de l'usine en font étudier un autre plus puissant.

Longtemps on a cru que la fabrication de l'acier à Essen était un mystérieux procédé tenu bien clos et donnant de lui-même des résultats merveilleux.

Il n'en est rien : le secret du succès de Krupp c'est la connaissance intime de l'acier fondu et des matières les plus convenables à employer, c'est un soin très-minutieux pris dans toutes les opérations de transformation pour maintenir la qualité des mélanges, consistant notamment en acier puddlé fondu avec addition d'un peu de peroxyde de manganèse et d'une faible proportion de « *spiegel eisen*, » fonte miroitante manganésifère. C'est, dans le début, un rigorisme absolu dans la surveillance des produits expédiés, qui depuis s'est un peu relâché, sans toutefois enlever à la maison son caractère reconnu de probité commerciale et de régularité d'exécution soignée.

Les fours de fusion sont variés : depuis les fours à coke ordinaires jusqu'aux fours à 18 et 36 creusets. Les creusets employés pour les aciers fondus de sujétion sont des pots en graphite mêlé d'un peu de terre réfractaire.

Les vieux creusets, soigneusement écaillés du vernis dont le feu les a glacés, servent à fabriquer d'autres produits réfractaires.

Les *recuits* sont très-pratiqués à Essen ; quelquefois ils sont prolongés pendant plusieurs semaines ; mais, en général, ils ne durent que quelques heures. L'état moléculaire des lingots subit, sous l'influence d'un refroidissement très-lent, un changement notable dans le sens d'une malléabilité plus prononcée et d'une meilleure répartition de ma-

tières. C'est surtout pour les pièces qui subissent le forgeage ou pour les roues pleines coulées en sable que les
recuits sont utiles.

Le développement de l'usine Krupp a été favorisé par
des circonstances heureuses, de fortes commandes, et
plus encore par l'état relatif de développement de la contrée. Des mines d'excellent charbon, des mines de fer, des
hauts-fourneaux ont été acquis à prix modéré et sont
devenus des moyens puissants d'action ; les chemins de fer,
au nombre de trois, une route royale, et les voies ferrées
de l'usine donnent toute facilité pour les transports ;

L'établissement existe depuis 40 ans.

Il couvre sous toitures....   52 hectares.

Il occupe une surface totale de 152 hectares non couverts

204

Il occupe 10,000 ouvriers, dont 8,000 dans les aciéries
et 2,000 dans les charbonnages et les mines du Rhin et
du Nassau.

En 1866, on a produit 62,500 tonnes d'acier fondu au
creuset.

Les moyens de travail sont :

412 fours à fondre l'acier, à recuire et cémenter ;

195 machines à vapeur de 2 à 1,000 chevaux ;

  49 marteaux-pilons (à vapeur) dont le poids du battant
    varie de 50 à 50,000 kilog. ;

110 forges ;

318 tours ;

111 machines à raboter ;

61 à fraiser ;

84 à percer ;

75 à polir ;

26 à outils divers.

La production de 1866 a été d'une valeur supérieure à 37 1/2 millions de francs (37,500,000).

En 1854 l'usine livrait	4 bandages
1856	—	20
1857	—	50
1858	—	88
1859	—	204
1860	—	840
1861	—	603
1862	Exposition	236
1863	—	1,404 suite de l'Expos.
1864	—	6,209
1865	—	7,236
1866	6 mois	4,222 } 8,444
1866	—	4,222 } par estimation.

L'Exposition de M. Friederich Krupp mérite toute l'attention des hommes d'étude. Son fondateur a commencé avec deux fourneaux et deux ouvriers. Quarante années après, l'usine d'Essen présentait le développement dont les chiffres qui précèdent peuvent donner une idée.

N'est-ce pas un merveilleux exemple de l'activité et de l'intelligence humaine dont Petin et Gaudet nous ont donné un exemple semblable en France.

ARBEL, DÉFLASSIEUX, PELLION.

Roues en fer forgé.

Les roues en fer forgé de cette maison bien connue étaient exposées dans la section française, en face de la locomotive Gouin, contre la muraille de la grande nef. Dans la section anglaise, ces produits étaient rangés au centre de la nef, dans un emplacement plus étendu.

Les roues exposées n'étaient assurément pas faites en vue de l'Exposition et ce n'est pas leur plus faible mérite. Elles étaient montrées à divers degrés de fini et de grandeur ; l'une pour locomotive à voyageurs, l'autre pour un tout petit wagonnet et, entre ces deux extrêmes, tous les degrés intermédiaires. Toutes ces pièces portaient le cachet d'une fabrication nette et courante. Des coupures à la scie montraient la perfection absolue des soudures, et ces spécimens ressemblaient plutôt à des produits *moulés par voie de fusion* qu'à des pièces de forge résultant de l'assemblage et de la structure d'une grande quantité de pièces détachées, tant les soudures étaient parfaites.

C'est certainement une des plus belles applications du pilon que la confection, d'un coup vigoureux d'estampage, d'une roue de locomotive bien nervée, solide et légère.

Aussi, cette simplicité de fabrication permet-elle de conserver toutes les propriétés élastiques du métal et la soudure complète en fait un tout homogène. Les qualités de ces roues et leur grande légèreté les ont fait adopter par tous les ingénieurs amis du progrès.

On ne peut signaler aucun perfectionnement tranché dans cette fabrication ; mais, depuis 1855, les roues Arbel luttent avantageusement contre les autres systèmes, et la continuité de leurs succès dans une industrie aussi exigeante et aussi sujette à engouement que les chemins de de fer, est un gage évident des qualités sérieuses qu'elles possèdent.

Les progrès qui persistent sont les seuls vrais progrès; le succès des roues Arbel et Cie s'explique parce qu'elles constituaient réellement un progrès dans le matériel roulant des chemins de fer.

A l'étranger, on avait reconnu le mérite de cette fabrication.... et on se l'était appliqué.

A l'Exposition universelle de Londres, en 1862, un anglais obtint une des premières récompenses pour des roues qui n'étaient autres que les roues d'Arbel; ce dernier obtint ensuite que cette récompense lui revint.

En 1867, la médaille d'or venait consacrer dignement le légitime et durable succès des inventeurs et l'excellence de leurs produits.

Jusqu'à ce que l'on trouve le moyen de couler le fer dans un moule en sable, en lui conservant les propriétés du métal forgé, les roues Arbel sont le vrai moyen d'obtenir des pièces légères, résistantes, très-faciles à exécuter. Comme on le voit, cette fabrication a de l'avenir devant elle !

MARREL FRÈRES, A RIVE-DE-GIER.

MM. Marrel ont exposé dans la grande nef, classe 47, et dans le Parc, classe 40, des pièces de forge, modèles, échantillons, comme spécimens de la force productive de leurs ateliers. La médaille d'or qu'ils ont obtenue ne pouvait être mieux méritée.

Leur arbre en fer forgé à trois manivelles, pesant 30,180 kil., d'un fini parfait, les pose nettement au rang de compétiteurs des maisons de premier ordre.

Cette pièce seule eut suffi à MM. Marrel pour attester leur supériorité d'exécution.

Ils ont joint divers spécimens de pièces de forge, comme manivelle pour machine marine de 500 chevaux ; bielle pour machine de 750 chevaux ; des modèles en bois d'étambots et d'étraves de navires ; une plaque de blindage éprouvée sans injure grave ; une plaque pliée en deux sous forme d'un U, sans crique notable au coude. Dans la grande nef, ils ont exposé un modèle très-coquettement exécuté et fonctionnant de leur grand laminoir à blindages et grosses tôles, du système dit universel à deux cylindres horizontaux et quatre verticaux. On trouvait au-dessus le modèle en bois, en grandeur naturelle, d'un cylindre de ce laminoir monté sur sa cage. Cette remarquable disposition permettait de juger de la puissance des outils qu'il faut pour obtenir facilement les grandes tôles, et les plaques de blindage. Les cylindres du laminoir ont 1 mètre de diamètre sur 3^m,20 de longueur. Un embrayage à griffe permet de renverser le mouvement, au moyen d'une petite presse à vapeur commandant directement les griffes d'embrayage.

Un modèle en bois, placé debout, représentait un gigantesque étambot de navire, avec l'œil réservé au passage de l'arbre de l'hélice.

MM. Marrel sont évidemment de très-habiles forgerons, le fer leur obéit, ils osent, aussi bien que les premières maisons, aborder et surmonter toutes les difficultés de leur art.

SOCIÉTÉ ANONYME DE TERRE-NOIRE, LA VOULTE ET BESSÉGES.

Acier Bessemer par voie de 1re fusion (planche 3).

L'installation de Terre-Noire offre l'exemple le plus caractéristique du procédé Bessemer appliqué dans ses plus extrêmes conséquences.

C'est à ce titre qu'il est utile d'entrer dans une description spéciale et étendue de cette nouvelle application du convertisseur Bessemer, recevant du haut-fourneau la fonte liquide qu'il doit transformer.

Un seul haut-fourneau est en activité, mais on en mettra prochainement un second en marche, dans la partie de l'usine affectée à la production des lingots de métal Bessemer.

Le haut-fourneau existant livre une tonne de fonte par heure, en moyenne.

Cette fonte, ménagée en allure grise avec le plus grand soin, est obtenue avec un lit de fusion composé de bon coke, de castine très-pure, de minerai de Mokta-el-Hadid mélangé avec d'autres minerais, notamment celui de Garrucha (Espagne), dont voici les analyses :

Mokta.		Garrucha.	
Quartz décomposé. . . .	3,50	Silice, mica blanc, quartz	13,25
Alumine	0,90	Alumine.	1,05
Chaux	1,50	Chaux	6,80
Peroxyde de fer	88,50	Peroxyde de fer	59,30
Peroxyde de manganèse	2,80	Perte au feu	12,60
Perte au feu.	2,80	Peroxyde de manganèse.	6,40
	100,00		100,00

La variété de Mokta non manganésifère, mais compacte et magnétique, donne :

fer 68 p. 0/0 ; quartz 2,5 à 1,3 p. 0/0.

L'influence du manganèse est aujourd'hui une vérité de fait ; on sait qu'il sert à éliminer le soufre avec énergie, cela est dû à ce qu'il abandonne très-bas de l'oxygène dans le fourneau, et qu'il passe avec le soufre dans les scories, de préférence au fer.

La fonte pure provenant des minerais précédents est coulée, au fur et à mesure des besoins, dans une poche à roues ou wagon-poche, et amenée à un élévateur hydraulique qui permet de verser le contenu de la poche dans le chenal du convertisseur Bessemer.

Le convertisseur fonctionne plus longtemps avec la fonte tirée directement du haut-fourneau, qu'avec celle qui serait refondue au réverbère et aurait ainsi reçu un commencement d'affinage.

La perte au convertisseur Bessemer est de 15 à 18 p. 0/0, y compris les projections de métal et les fonds de poche.

Lorsque la fonte est bien affinée et transformée en *fer liquide* dans le convertisseur Bessemer, on incline cet appareil, on y fait écouler 10 p. 0/0 de *spiegel-eisen* (fonte miroitante manganésifère); on relève le convertisseur, on donne le vent pendant quelques minutes, comme d'ordinaire, et l'on coule, au moyen d'une poche à quenouille montée sur un levier horizontal qui fait corps avec un piston hydraulique permettant d'élever la poche et de tourner, pour présenter la coulée au-dessus des lingotières rangées circulairement dans une fosse.

Les lingots sont repris par une grue à cylindre hydraulique, transportés sur chariots ou diables de forge, et amenés rouges aux laminoirs dégrossisseurs, où ils reçoivent quelques passes.

On supprime ainsi le pilonnage préliminaire.

Du train ébaucheur, les lingots dégrossis passent à un léger réchauffage et ensuite ils sont menés au train finisseur, d'où ils sortent sous forme de rails parfaits.

En résumé, on a supprimé à Terre-Noire, pour la production des rails Bessemer :

1° La deuxième fusion des fontes ;

2° Le premier réchauffage avant pilonnage, et, en tout cas, le pilonnage usité ordinairement.

Cette Société a donc résolu *radicalement* le problème de prendre la fonte au fourneau de première fusion, de faire subir à cette fonte, dans le convertisseur Bessemer, la transformation connue que produit cet appareil, d'obtenir des lingots qui, tout rouges, sont portés au laminoir où ils subissent une élaboration mécanique.

Les conséquences de ce mode de travail ont été la possibilité d'abaisser le prix de vente, dans une proportion telle, que la Compagnie de Lyon-Méditerranée a commandé 20,000 tonnes à Terre-Noire, avec faculté d'augmenter cette commande.

Ainsi le procédé Bessemer vient de recevoir une nouvelle impulsion du fait d'une amélioration française. Il reste à savoir si les hauts-fourneaux peuvent être maintenus en état d'allure régulière convenable pour cette opération directe. L'avenir prononcera ; les hommes du métier doutent, mais combien de progrès accomplis desquels on a douté ?

Le procédé Bessemer lui-même a été en butte à toutes les critiques possibles ; les faits ont démontré sa valeur.

Métal Bessemer.

La Société de Terre-Noire a donné à l'Exposition des résultats d'épreuves qu'on trouvera ci-dessous.

Des moulages bruts, un engrenage de 1^m,50 de diamètre de 600 kilog., bien venu (peau un peu grenue), un manchon de laminoir, une boîte à graisse, 2 pignons de laminoir, dont 1 de 500 kilog. non ébarbé (couronne de pignon), un pignon de tôlerie ayant servi trois ans, etc., des lingots cassés, etc., montrent le Bessemer sous forme de moulages.

Les échantillons laminés, martelés ont accusé les résistances du tableau qui suit : P poids de rupture ; p sécurité.

BESSEMER POUR CANONS DE FUSIL.

N° 165. — Canon de fusil éprouvé à la traction avant le forage.

Section soumise à l'essai. . . . . .   490 $^m/_m{}^2$ k
Poids sans allong^t permanent . . .   8,720 kil.   par millim. 17,80
P au moment de la rupture . . . . 17,830 kil.   par millim. 36,50
Longueur à l'essai . . . .   200 $^m/_m$ } allong^t p. °/$_o$ 13,0
Au moment de la rupture . . . .   226 $^m/_m$ }

Acier Bessemer doux (n° 144). — Traction.

Section soumise à l'essai . . . . . .   472 $^m/m$
Poids sans allongement permanent. 14,960   par mill.^{2}. . 31,7
Poids de rupture 26,600   par mill.^{2}. . 56,2
Longueur soumise à l'essai . . . .   200 $^m/m$ } allong^t p. °/$_o$ 11,5
Longueur au moment de rupture. .   223 $^m/m$ }

Acier Bessemer dur pour essieux (n° 135). — Traction.

Section soumise à l'essai . . . . . .   498 $^m/m$
Poids sans allongement permanent. 25,700   par mill.^{2}. . 51,5
Poids de rupture 40,000   par mill.^{2}. . 80,0
Longueur soumise à l'essai . . . .   200 $^m/m$ } allong^t p. °/$_o$ 7,5
Longueur au moment de rupture. .   215 $^m/m$ }

Acier Bessemer dur pour rails (n° 134). — Traction.

Section soumise à l'essai . . . . . .   464 $^m/m$
Poids sans allongement permanent. 17,001   par mill.^{2}. . 36,6
Poids de rupture 28,800   par mill.^{2}. . 62,0
Longueur soumise à l'essai . . . .   200 $^m/m$ } allong^t p. °/$_o$ 7,5
Longueur au moment de rupture. .   215 $^m/m$ }

Les épreuves faites pour le chemin de Paris-Lyon-Méditerranée, avaient donné pour le rail PL^2 à double champignon essayé à la presse hydraulique :

Distance des appuis, 1 mètre.

Flèches sous charges ou sans charges.

CHARGES de rupture.	Nº 1.		Nº 2.		Nº 3.		Nº 4.	
	F. Sous-charge.	F. Perma-nente.	F. Sous-charge.	F. Perma-nente.	F. Sous-charge.	F. Perma-nente.	F. Sous-charge.	F. Perma-nente.
ton-nes.	millim.	millim.	millim.	millim.	millim.	millim.	millim.	millim.
10	1,2	0,0	1,4	0,0	1,4	0,0	1,3	0,0
15	1,9	0,0	2,0	0,0	2,1	0,0	1,9	0,0
20	2,4	0,1	2,6	0,1	2,8	0,1	2,6	0,0
25	3,2	0,2	3,65	0,3	3,6	0,6	3,3	0,4
30	4,2	0,4	10,9	7,0	12,7	9,0	4,1	0,5
40	11,0	6,0	42,0	36,0	44,3	38,0	18,5	13,1
43	»	»	»	»	rupture	»	»	»
50	rupture	»	»	»	»	»	rupture	»
51	»	»	rupture	»	»	»	»	»

Acier Bessemer extra-doux (tôles) (n° 164). — Traction dans le sens
perpendiculaire au laminage.

Section soumise à l'essai . . .   442 m/m
Poids sans allong^t permanent .   12,770 kil.   par mill.^{2}. . 28,7
Poids de rupture. . . . .   21,900 kil.   par mill.^{2}. . 49,5
Longueur soumise à l'essai . .   200 m/m } allong^t p. % 17,0
Longueur au mom^t de rupture.   247 m/m }

Acier Bessemer extra-doux (tôles) (n° 163). — Traction dans le sens
du laminage.

Section soumise à l'essai. . . .   384 m/m
Poids sans allong^t permanent .   11,270 kil.   par mill.^{2}. . 29,4
Poids de rupture. . . . .   19,670 kil.   par mill.^{2}. . 51,2
Longueur soumise à l'essai . .   200 m/m } allong^t p. % 23,5
Longueur au mom^t de rupture.   247 m/m }

Acier Bessemer extra-doux (tôles) (n° 162). — Essai dans le sens du
laminage. Traction.

Section soumise à l'essai. . . .   480 m/m
Poids sans allong^t permanent .   14,500 kil.   par mill.². . 30,2
Poids de rupture. . . . .   22,300 kil.   par mill.². . 46,1
Longueur soumise à l'essai . .   200 m/m $\Big\}$ allong^t p. °/o 23,0
Longueur au mom^t de rupture.   246 m/m

Acier Bessemer doux (tôles) (n° 146). — Essai à la traction dans le
sens perpendiculaire au laminage.

Section soumise à l'essai. . . .   438 m/m
Poids sans allong^t permanent .   14,950 kil.   par mill.². . 34,0
Poids de rupture. . . . .   24,350 kil.   par mill.². . 55,2
Longueur soumise à l'essai . .   200 m/m $\Big\}$ allong^t p. °/o 6,0
Longueur au mom^t de rupture.   212 m/m

Acier Bessemer doux (tôles) (n° 145). — Essai à la traction dans le
sens du laminage.

Section soumise à l'essai. . . .   460 m/m
Poids sans allong^t permanent .   15,400 kil.   par mill.² . 33,51
Poids de rupture. . . . .   27,800 kil.   par mill.² . 60,2
Longueur soumise à l'essai . .   200 m/m $\Big\}$ allong^t p. °/o 8,0
Longueur au mom^t de rupture.   216 m/m

Nous appelons l'attention du lecteur sur ces essais, qui,
mieux que tous les raisonnements théoriques, peuvent
faire apprécier la valeur du métal Bessemer.

Les deux tableaux suivants ont surtout un intérêt capital, parce qu'ils ont été faits par des ingénieurs très-
expérimentés, sous le double contrôle de la Compagnie de
Paris à Lyon et de la Marine impériale. Les résistances au
choc du Bessemer sont d'ailleurs très-peu connues, même
des gens les plus intéressés à l'étude de ce nouveau
métal.

Épreuves au mouton, pour la Compagnie Paris-Lyon-Méditer-ranée, sur des rails Bessemer de l'usine de Terre-Noire.

Mouton de . . . . 300 kil.
Appuis distants de. . . . . . 1^m,10
Enclume de. . . . . 10,000 kil.

HAUTEURS de chute.	FLÈCHES n° 1.	FLÈCHES n° 2.	FLÈCHES n° 3.	FLÈCHES n° 4.
	millim.	millim.	millim.	millim.
0,50	0,00	0,00	0,00	0,00
1,00	1,00	0,50	0,50	0,50
1,50	2,25	2,35	3,00	2,50
2,00	5,50	5,50	7,00	4,50
2,50	10,00	10,00	11,50	8,00
3,00	12,50	14,00	17,00	12,00
3.50	18,20	20,00	22,50	16,00
4,00	rupture.	»	»	»
4,50	»	»	»	»
5,00	»	36,00	30,50	rupture.
5,50	»	rupture.	rupture.	»

Épreuves, pour la marine impériale, sur ses prescriptions.

DÉSIGNATIONS.	MOYENNES DES ÉPREUVES					
	EN LONGUEUR.			EN TRAVERS.		
	Limite d'élas-ticité.	Charge de rupture	Allon-gement p. °/o	Limite d'élas-ticité.	Allon-gement p. °/o	Charge de rupture
Bessemer dur pour rails. . .	37,50	67	7,40	»	»	»
— p. tôles et cornières	30,00	57	13,20	»	»	»
Extra-doux pour chaudières .	28,00	50	19,80	»	»	»
Tôles métal doux courant . .	34,75	55	16,10	28,95	12,97	53,00
Fers de Suède.	17,20	33	18,50	»	»	»
Fer câble.	20,00	35	19,70	»	»	»
— ordinaire	18,20	33	16,80	»	»	»
Tôles martelées au bois . . .	19,99	32	20,50	20,40	16,18	32,45
— fines du commerce. . .	18,97	34	14,50	19,16	7,26	30,78

CHAPITRE VI.

Produits Bessemer, Siemens.

II. BESSEMER.

M. Henry Bessemer n'a pas exposé en nom personnel, à l'Exposition de 1867 ; il figure comme collaborateur dans les grands prix de la classe 40.

Un modèle de ses appareils se trouvait à droite, en entrant, dans l'exposition anglaise ; c'était la Société royale des arts qui l'avait envoyé.

La véritable exposition Bessemer était celle de tous les nombreux maîtres de forges qui se servent de son procédé.

On trouvait, en effet, le métal Bessemer dans tous les chemins de fer, à la marine, dans les arsenaux, à la guerre, dans l'industrie civile, répandu sous mille formes et appliqué à des usages multiples.

A l'Exposition, il y en avait partout, dans les produits des forges comme dans les locomotives et les machines ordinaires. On peut dire que l'Exposition de 1867 est l'apogée de Bessemer.

Partant d'une idée antérieurement essayée par Martieu, M. Bessemer fit d'abord des essais infructueux et n'arriva à un succès ordinaire que vers 1860. Depuis, les difficultés s'aplanirent peu à peu et, en 1862, à Londres, il frappait déjà vivement l'attention des forgerons et des mécaniciens de la Grande-Bretagne. Cette émotion passa le détroit

et les établissements importants voulurent avoir une installation sur ce nouveau principe.

Depuis cinq années, on a installé partout des convertis-
seurs Bessemer, à tel point que l'on en est venu à se deman-
der sérieusement si le four à réverbère peut encore avoir
sa raison d'être.

La description de l'installation du Bessemer à Terre-
Noire, suffit pour faire comprendre la fabrication proprement dite.

Ce qu'il importe de constater, c'est le succès rapide de
cette méthode et l'influence qu'elle a eue sur la métallurgie.

L'opération Bessemer, on le sait, consiste dans le passage d'air comprimé à travers un bain de fonte, placée
dans un récipient percé de trous à la partie inférieure. Le
passage de l'air est maintenu jusqu'à ce que le carbone
de la fonte soit suffisamment brûlé, ce qui entraîne la
nécessité de brûler du fer. La température s'élève d'autant
plus qu'elle est localisée dans le bain de fonte. Cette dernière se transforme rapidement en fer liquide. Une fois
le fer obtenu, on introduit dans la trappe 5 à 10 p. 0/0
de *spiegel-eisen* pour *cémenter* le fer liquide au moyen
d'un métal titré en carbone comme l'est le *spiegel-eisen*
(fonte miroitante).

L'alliage du fer liquide et du *spiegel-eisen*, liquide
également, se forme presque instantanément. On le favo-
rise par un petit soufflage d'air; on coule en lingotières
le métal aciéreux obtenu et on a du métal Bessemer.

On a pu remarquer d'une façon générale que les fontes
grises donnent les meilleurs résultats au Bessemer; on a
constaté que les fontes sulfureuses ou celles phosphoreuses
étaient peu aptes à passer au convertisseur. Le phosphore
et le soufre restent dans le métal qui sort de ces appareils.

La production du métal Bessemer a donc exigé certai-
nes qualités spéciales de fontes, régulièrement obtenues,

exemptes de phosphore et de soufre. On est arrivé à ce résultat par l'emploi de bons minerais, l'addition de manganèse ou de minerais qui en contiennent, l'emploi de bonnes castines, etc.

La nécessité d'employer en partie des minerais riches et purs, a donné à ceux-ci un débouché qu'ils n'avaient pas avant.

Mais si la métallurgie a dû progresser de ce côté pour fournir au convertisseur Bessemer des fontes convenables, c'est le petit côté de la question.

La grande influence du Bessemer aura été la facilité avec laquelle on peut couler des lingots d'un métal sans soudures et sans solutions de continuité, pouvant atteindre un poids très-élevé, destinés à être laminés ou à être employés à la confection de pièces de forge.

Les aciers fondus au creuset, trop chers, et ne se prêtant pas à des coulées comme le Bessemer, ne pouvaient lutter que par la haute qualité contre leur nouveau concurrent.

Dès lors, tous les efforts ont été dirigés du côté du Bessemer, auquel on a fait faire des progrès extraordinaires depuis cinq ans.

On est arrivé , dès 1865, à pouvoir livrer des rails en acier Bessemer à 450 fr. environ. Mais ce prix était encore trop élevé, et aujourd'hui l'on vend, sous garantie, du même métal en rail à moins de 300 fr. la tonne.

On livre de même au commerce des barres ou des tôles Bessemer très-bien faites à des prix infimes, en comparaison des aciers au creuset.

Ce nouveau produit, ni fer, ni acier, il est vrai, a donc causé beaucoup de perturbation dans le marché et forcé les maîtres de forge à compter avec lui. De toutes parts, il a fallu soutenir la lutte et cela a conduit à des améliorations sensibles, à des nivellements de prix importants.

Toutefois, le procédé anglais de décarburation est important par lui-même ; il peut se suffire et suffire à presque tous les besoins. L'Exposition en donnait une preuve irrécusable dans la variété des applications du métal Bessemer.

Les rails sont de son domaine ; les pièces de forge, les tôles, cornières, ponts, charpentes, les moulages, les petits objets, aussi bien que les gros ; la platinerie de ferblanc, l'application de la tôle du métal Bessemer à la construction des coques des navires légers, tous ces progrès et tant d'autres ont captivé l'attention des chefs de l'industrie des forges, et si ce n'était le prix de construction des appareils, il y aurait certainement un convertisseur dans chaque forge ; c'est le meilleur puddlage mécanique, c'est le chemin le plus direct de la fonte au fer et à l'acier, celui qui, en même temps, n'emploie pour agent que l'air atmosphérique, le même partout et la force mécanique facile à trouver ou à produire.

Il est juste, d'ailleurs, d'ajouter que sur ces données, l'argent même n'eût pas manqué vu l'importance considérable du but à atteindre, si le résultat avait été clairement démontré, malheureusement cette méthode ne peut satisfaire qu'une partie des exigences du consommateur ; elle permet bien de produire un métis entre le fer et l'acier fondu, mais elle ne donne pas le moyen de produire du fer *malléable* et *soudable*, ni du véritable *acier fondu*.

Aussi, quelques grandes usines, dans chaque pays, eurent-elles seules les ressources suffisantes pour construire les coûteux appareils qu'exige le procédé Bessemer, et soutenir la période ingrate de la mise en marche, féconde en insuccès et en mécomptes.

Quoiqu'il en soit, il n'en est pas moins démontré par les faits, que les anciennes méthodes de puddlage de la fonte doivent être largement transformées, que le succès est certain pourvu qu'on emploie les moyens qu'exige cette transformation, au nombre desquels on trouve les fours à gaz à haute température, de Siemens et autres, et ce résultat aura été puissamment suggéré par l'apparition de la méthode Bessemer. Elle est, d'ailleurs, d'une date trop récente pour être arrivée à maturité ; il est permis d'espérer, et la raison, d'accord avec la chimie, l'indique, que l'on obtiendra du fer parfaitement malléable au moyen de la décarburation de la fonte par l'air atmosphérique injecté dans la masse du métal, comme le fait Bessemer, mais avec adjonction d'autres dispositions que l'expérience fera naître.

On doit donc conclure, en ce qui concerne Bessemer, que sa méthode est en elle-même le fait le plus saillant de la métallurgie moderne ; mais encore, on peut ajouter que son apparition a porté tous les esprits à trouver de nouveaux moyens directs de transformation de la fonte en fer malléable, sans intervention pénible du travail de l'ouvrier.

FOURS A GAZ DE SIEMENS.

(Planche 4.)

M. C.-W. Siemens, de Londres, a exposé, classe 47, des modèles de four à gaz qui méritent une mention spéciale. (Les modèles sont actuellement au Conservatoire des arts et métiers.)

La chaleur est l'agent le plus énergique des opérations métallurgiques, en général, et de celles de traitement du fer, en particulier. Tous les moyens pratiques de la produire et d'en tirer le meilleur parti, acquièrent une importance de premier ordre. Les appareils de M. C.-W. Siemens, qui sont relatifs à cette production, tiennent incontestablement le premier rang parmi tous ceux qui ont été exposés, ou qui sont connus.

On sait que si, à la suite d'un fourneau à haute température, on dispose convenablement des tuyaux en fonte (ou en terre réfractaire) et que l'on fasse passer dans ces tuyaux de l'air atmosphérique, il acquiert une haute température. On sait également que l'air ainsi surchauffé facilite beaucoup la combustion, et qu'il rapporte dans le foyer toute la quantité de chaleur qu'il a *reprise* aux flammes perdues.

Le principe de M. W. Siemens est le même ; mais son moyen de réalisation est une découverte, un nouvel outil, doué de qualités précieuses.

Pour reprendre la chaleur aux flammes perdues, M. Siemens ne se sert pas de tubes ; il dispose dans des compartiments ou chambres, aboutissant à la cheminée d'une part et au four d'autre part, des briques réfractaires empilées à peu près comme celles que les briquetiers mettent sécher en piles. Entre chaque brique et sa voisine se trouve un espace ; l'ensemble représente donc une masse percée ou criblée d'une quantité de petits canaux entrecroisés.

C'est sur les briques réfractaires à travers ces compartiments que M. C.-W. Siemens fait passer les flammes perdues des fours.

Les flammes déposent directement la plus grande partie de leur chaleur sur les briques, et celles-ci, à un moment donné, restituent cette chaleur à l'air ou à tout autre fluide aériforme qui vient lécher leurs parois. Il suffit pour cela d'interrompre le passage des flammes perdues sur les briques entrecroisées et de leur substituer l'air ou le gaz que l'on veut chauffer. Cet air ou ce gaz, passant alternativement sur des parois excessivement chaudes, y acquiert une haute température, et vient brûler avec une intensité remarquable dans le foyer.

M. C.-W. Siemens a pu atteindre sans difficulté la température de fusion de l'acier, non-seulement dans des creusets, mais encore, ce qui est beaucoup plus important, de l'acier placé sur la sole d'un four à réverbère. Ce résultat capital a éveillé l'attention de tous les hommes spéciaux : ils ont compris que si Bessemer avait réussi, surtout parce que le four à réverbère ordinaire était réduit à l'impuissance par manque de chaleur, l'appareil Siemens pouvait renverser les situations.

Dans l'appareil Bessemer, on n'est pas maître de l'opération : celle-ci est, d'ailleurs, trop rapide pour que le métal soit convenablement épuré ; on a vu que le soufre et le phosphore notamment, n'étaient pas chassés dans le convertisseur, tandis que dans un four à réverbère, il est possible d'arriver à en éliminer une notable proportion, en faisant intervenir des scories et des réactifs chimiques.

Avec le four à gaz Siemens, on a tout le temps nécessaire pour bien soigner et conduire le travail d'affinage et toute facilité pour introduire dans le bain les réactifs énergiques dont la chimie industrielle nous offre le puissant concours.

Chose remarquable, Bessemer arrive à un tel degré de succès, que certains esprits pensent qu'il est le seul qui puisse transformer utilement la métallurgie du fer ; Siemens, de son côté, arrive à la fusion complète, rapide, économique de l'acier chargé en grandes masses sur la sole d'un four à réverbère !

« La Roche Tarpéienne est près du Capitole, » peut-on répéter.

Dans l'opération Bessemer, il y a perte de 15 p. 0/0 *au moins* de métal, et l'on n'obtient qu'un *métis* entre le fer et l'acier fondu.

Dans l'opération Siemens, il y a perte de 8 à 10 p. 0/0 au *maximum*, et l'on obtient un *véritable* acier fondu.

Avec le convertisseur Bessemer, on n'est pas maître de l'opération.

Le four à gaz Siemens se prête à toutes les exigences du travail.

La lutte est engagée sérieusement : c'est à l'expérience de prononcer.

Le prix de revient de l'acier par le four Siemens et le procédé Martin est estimé, d'après une fourniture de 300,000 kilog. de rails livrés et reçus par la Compagnie de Paris-Lyon-Méditerranée, à 257^f,81 par tonne, savoir :

Mélange.

540^k fonte Mokta $\times$ 14	75^f,60
270 riblons d'acier $\times$ 15	40 ,50
270 fer fin au coke $\times$ 19	41 ,30
1,080^k de métal	157^f,40

Fusion.

1,100^k de houille $\times$ 13	14^f,41
Main-d'œuvre	14 ,00
Frais généraux	12 ,00
Amortissement et entretien	10 ,00
Prix de fusion	50^f,41

Rails.

1,000^k de lingots	207^f,81
Laminage, dressage, etc.	50 ,00
1,000^k rails finis	257^f,81

Un rail fabriqué de cette manière a été exposé par M. Verdié ; ce rail, cassé à une extrémité, pour montrer le grain du métal, était forgé à l'autre bout sous forme d'outil de tour et avait effectivement servi à cet usage pendant trois jours.

Ces détails, dans une question si nouvelle et si important, permettent de se faire une idée exacte de l'imminence d'une active compétition entre le métal Bessemer et les aciers fabriqués par d'autres moyens nouveaux. Les plus bas prix de rails Bessemer étaient 315 francs la tonne, pour les 20,000 tonnes du marché de Terre-Noire.

M. C.-W. Siemens, indépendamment de la précieuse ressource qu'offre son four à gaz d'atteindre de hautes températures, est parvenu à brûler tous les combustibles, même les plus médiocres.

Il présente une double économie : celle sur la quantité employée et celle sur la valeur commerciale du combustible ; on estime, dans les verreries, que l'économie totale en argent dépasse 50 p. 0/0 de ce que coûtait l'ancien mode de chauffage.

Dans les forges, cette proportion reste à peu près la même, et l'on doit y ajouter pour le réchauffage du fer une forte économie sur le déchet et un chauffage plus propre et plus régulier. Celà tient à ce que, par la manœuvre des valves dont l'appareil Siemens est pourvu, on peut régler à volonté la flamme et la rendre oxydante ou réductrice.

Le *régénérateur* Siemens restera dans les arts comme l'un des plus utiles moyens que l'on puisse mettre en œuvre, lorsqu'il s'agit d'obtenir économiquement de très-hautes températures.

M. C.-W. Siemens est, sans contredit, un des grands inventeurs du siècle ; le grand prix qu'il a obtenu à l'Exposition de 1867, et le grand nombre d'applications de ses appareils, sont des consécrations de la valeur de ses conceptions.

CHAPITRE VII.

Bochune, Borsig, Kosach, Martin et Bérard.

ACIÉRIE DE BOCHUNE (WESTPHALIE, PRUSSE).

L'Exposition universelle de 1867 a été, pour les établissements de Bochune, l'occasion de montrer à quel degré de développement ils ont porté l'industrie des moulages en acier.

Krupp forge; Bochune moule en terre. Ces caractères distinctifs ne sont pas *exclusifs*, car chez les deux, on trouve des produits similaires ; mais, tandis qu'à Essen, les moyens d'élaboration de l'acier ont été poussés si loin que toute compétition est presque impossible, commercialement parlant, l'usine de Bochune est restée adonnée à la fabrication des moulages et du matériel ordinaire de chemins de fer. Il n'y a pas de canons à l'exposition de Bochune, bien que cette usine en ait fait un cette année.

En 1855, elle exposait quelques cloches ordinaires de dimensions ; en 1862, à Londres, une cloche de $2^m,65$ de diamètre, du poids de 10,000 kilog. ; en 1867, quatre cloches de 1,750 kilog., 4,000 kilog., et 8,750 kilog., formant harmonie, et un bourdon de 14,750 kilog. Il y en aurait eut une plus lourde, sans le refus des chemins de fer de transporter celle dont le moule avait $0^m,30$ de plus en diamètre que la plus grosse exposée et qui eût formé carillon.

L'usine de Bochune exposait en outre un arbre (2,700 kilog.), 6 essieux, 4 ressorts de wagon, 14 bandages,

des roues pleines en acier fondu (20,000 de ces roues
fonctionnent); un croisement et deux changements de
voie, un cylindre pour presse hydraulique, et divers
moulages, au nombre desquels il faut comprendre, mais à
titre de spécimen de difficulté vaincue, un cylindre à vapeur de locomotive; cette pièce était bien venue, quoique
très-difficile à exécuter en *acier moulé*.

On remarquait également, dans cette belle exposition,
vingt-deux roues pleines portant leur bandage, *coulées
d'un seul jet* en acier fondu au creuset.

La question du moulage de l'acier est neuve, elle n'est
pas complètement résolue; évidemment, Bochune tient le
premier rang dans cette voie, où un seul concurrent sérieux se présente, Naylor Wickers et Cº, de Sheffield,
chez lesquels un contre-maitre de Bochune a monté le
moulage en acier.

L'usine de Bochune fait également du métal Bessemer
pour rails.

BORSIG, DE BERLIN.

Bien que la maison Borsig soit, par son importance et
la beauté de ses produits, à la tête de l'industrie mécanique en Prusse, elle est aussi une maison de métallurgie
du fer très-remarquable par ses procédés de travail.

L'Exposition de 1867 a permis de mettre en évidence
le principe fondamental de la maison. Pour obtenir une
pièce de forge, on prépare un massiau *formé directement
d'une ou plusieurs grosses loupes* que l'on soude au
pilon, pendant que le fer est encore *jeune* et *pâteux*.

Les magnifiques massiaux de 11 à 1,200 kilog., exposés et obtenus par ce procédé, en disent plus que tout
commentaire.

Les épreuves de toutes sortes que le fer nº 1 ainsi obtenu
supporte, les ébauches de pièces de forge qui figurent à

côté des massiaux, prouvent que la maison Borsig est dans le vrai ; elle obtient des massiaux parfaitement réguliers, *sans soudure*, dans le sens ordinaire du mot.

La médaille d'or est une justice rendue à cette maison.

COSACK ET Cⁱᵉ (A HAMM-SUR-LIPPE, PRUSSE).

3,000 ouvriers sont occupés dans cette maison, dont la spécialité la plus remarquable est celle des fils de fer, rivets, boulons, etc.

Un fil de fer (de la jauge de Paris, n° 18) a supporté, pendant l'Exposition, un poids de 531 kilogrammes. Ce fil eut supporté 700 kilog. avant de se rompre , c'est-à-dire près de 80 kilog. par millimètre carré.

FERS PRUSSIENS EN GÉNÉRAL.

En général, les exposants prussiens ont mis en vue des produits d'une exécution matérielle parfaite ; ils font très-bien et bon, ce sont des concurrents à redouter sérieusement, car ils sont favorisés par l'excellence de leurs minerais.

PROCÉDÉS MARTIN (SIREUIL, CHARENTE).

M. E. Martin a obtenu une médaille d'argent pour production de métal homogène obtenu en traitant de la fonte au four à réverbère, et en y ajoutant des morceaux de fer ou d'acier au moment voulu.

Ce métal, soit dit immédiatement, est du fer peu cémenté ou de l'acier très-doux ; là n'est pas l'intérêt de la question (1). Ce qu'il importe de signaler, c'est que, grâce

---

(1) A l'Exposition de 1862, MM. Shortbrige Howel et Cⁱᵉ, de Sheffield, ont exposé du *métal homogène*, et, dit le docteur Percy, des tubes de ce métal étirés à froid, puis repliés à froid avec autant de facilité que si c'eût été du caoutchouc avec lequel on eut pu les confondre. Ce métal possède une ténacité remarquable et, comme son nom l'indique, il est homogène.

7

à l'emploi du four à gaz et à chaleur régénérée de Siemens, M. E. Martin est parvenu à fondre couramment sur
la sole d'un four à réverbère, du fer peu cémenté ; *c'est
là un fait capital.*

Ces fusions sont sorties du domaine ingrat des premiers tâtonnements, pour entrer dans le domaine d'une
pratique régulière.

Les objets exposés par M. Martin étaient dignes d'une
grande attention. On voyait une grande plaque pour croisement de voie, une flache d'affût d'artillerie, divers
autres moulages, des canons de fusil, des barres diverses
cassées pour montrer le grain de la matière. Les prix
indiqués étaient faibles.

Dans le cours de l'Exposition, M. Verdié, également
exposant de la classe 40 (médaille d'or), produisit un rail
magnifique fabriqué à son usine de Firminy, par les procédés Martin. Ce rail cassé d'un bout, forgé de l'autre,
sous forme d'un outil de tour, qui avait servi pendant
trois jours dans les ateliers de M. Verdié, produisit une
profonde sensation. *La haute expérience du chef de la
Société des aciéries de Firminy*, fit faire aux procédés
Martin un pas décisif.

Aujourd'hui 300 tonnes de rails en acier fondu sur la
sole du four à gaz Siemens, attestent la portée industrielle de cette voie nouvelle ouverte à la métallurgie.

Le travail au four à réverbère permet d'opérer par les
moyens jugés les plus efficaces pour affiner, cémenter,
modifier le métal à volonté et au moment le plus convenable, ce qui constitue une très-notable supériorité du
réverbère sur le convertisseur Bessemer.

Le four à gaz et à *régénérateur de la chaleur* de
Siemens, permettant de maintenir toujours le bain bien
liquide, on est complètement maître de l'opération. Si le
four Siemens est ici le *grand moyen* de réussite, il n'en

faut pas moins reconnaître le service signalé rendu par
M. Martin à la métallurgie du fer, par la persévérance
qu'il a mise à surmonter les premiers obstacles.

C'est certainement un résultat remarquable d'avoir
produit des rails en *acier fondu*, à raison de 50 fr. de
fusion, permettant de lutter avec le *métal Bessemer*,
comme qualité et comme prix.

PROCÉDÉ BÉRARD.

(Planche 3.)

M. Bérard a exposé, dans le compartiment de la
Société des forges de Montataire, des spécimens de son
procédé de production d'acier au moyen de la fonte, qu'il
avait expérimenté en grand dans les usines de la Société
précitée.

Ce procédé consiste à faire passer alternativement sur
un bain de fonte contenu sur deux soles formant cuvettes
et montées sur wagon, des flammes oxydantes et des gaz
réducteurs, de façon à décarburer la fonte pendant la
période de réduction.

De plus, M. Bérard emploie des jets d'air ou d'hydrogène chauds, comprimés, dans le but : 1° l'air, pour oxy-
der la masse de fonte et l'échauffer fortement à l'instant
voulu ; 2° l'hydrogène, pour chasser le soufre et le phosphore sous forme de sulfure de soufre (HS), et de phos-
phure d'hydrogène (PhS). En alternant ces divers moyens,
M. Bérard a *réellement* obtenu de l'acier fondu de bonne
qualité, un peu sec, avec diverses fontes, notamment
celles obtenues de ses minerais de Cherbourg.

Les appareils de M. Bérard sont très-compliqués, c'est
un grave défaut en industrie. La voie suivie par lui, au
point de vue chimique, est rationnelle (elle avait été indi-
quée, en 1854, par feu Adrien Chenot, ingénieur des
mines).

Il est probable que les procédés Bérard, dégagés d'une complication inutile, deviendront, comme ceux Martin, très-faciles par l'usage des fours à gaz à haute température. C'est en raison de cette tendance marquée que nous en avons parlé.

CHAPITRE VIII.

Groupes suédois, espagnols et italiens.

GROUPE SUÉDOIS.

De tout temps, la Suède a été la patrie des bons fers. Autrefois, ces produits étaient assujétis à des contrôles sévères, et l'exportation des minerais interdite. Aujourd'hui, ces restrictions ont disparues. L'industrie des fers s'y est améliorée et a été dotée de nouveaux appareils, machines, fourneaux, appareil Bessemer. Le four Siemens va y être installé.

La pyramide que le groupe des maîtres de forge suédois avait fait élever dans la grande nef, reposait sur une base de minerais en roche, très-riches et d'excellente qualité. Avec de tels minerais fondus au charbon de bois, il faudrait être bien maladroit pour ne pas obtenir des produits de choix.

Les fontes au bois de Suède sont généralement de très-bonne qualité. On a pu couler d'excellents canons en première fusion, en employant un mélange de minerais connus.

Tous les procédés d'affinage sont employés en Suède, mais le feu comtois persiste à être le seul moyen dans beaucoup de centres. Les fours à gaz pour réchauffages se généralisent très-rapidement ; on y brûle des menus bois, de la tourbe, du lignite, de la houille etc., suivant les localités. Le Bessemer y est appliqué avec succès. Le manganèse est l'objet d'une grande recherche de la part des maîtres de forges ; on tient beaucoup à ce que cette substance préexiste dans les minerais locaux ; ce n'est pas toujours le cas, alors on ajoute souvent des minerais riches en manganèse dans les charges.

Les provinces du Sud-Est sont les plus importantes ; celles de Kopparberg, Westeras, Orebro, emploient 5,060 hommes, sur 5,400 employés dans toute la Suède à l'industrie du fer. Le tableau suivant indique la force productive de chaque centre (1865).

PROVINCES.	HAUTS-FOURNEAUX.			FORGES.		
	Four-neaux.	Tonnes de fonte.	Ou-vriers.	Feux.	Tonnes de barres.	Ou-vriers.
Norhotten. . . .	2	332	26	6	250	24
Wester-Botten. .	3	1,882	63	12	1,301	62
Wester-Norland.	4	3,110	75	36	3,545	173
Jemtland.	1	109	4	2	105	7
Gefleborg. . . .	24	26,504	476	123	17,344	611
Upsala	7	7,026	139	32	4,769	221
Stockholm. . . .	1	973	20	17	2,265	122
Stora-Kopparberg	42	50,609	764	132	24,176	795
Westeras	16	16,474	370	81	14,918	452
Orebro	54	63,786	780	104	19,792	741
Skaraborg. . . .	1	1,020	18	16	2,833	75
Carlstad.	23	34,238	391	171	34,004	1,066
Elf-Borg	1	938	20	24	4,318	168
Ny-Koping . . .	5	3,260	102	21	2,090	112
Oster-Goland . .	3	5,192	58	61	10,136	480
Calmar	10	4,437	147	21	3,027	109
Jon-Koping . . .	10	4,599	189	29	2,521	116
Kronoberg. . . .	6	2,184	41	18	1,398	66
Total.	219	226,676	3,583	906	148,292	5,400

Ce tableau indique quelles sont les provinces qui ne

produisent pas assez de fonte pour leur usage et en achètent aux autres.

Lorsque les minerais sont *sulfureux*, ce qui arrive souvent, on les grille dans les fours à gaz ou à flammes perdues, à une température voisine du ramollissement. Le soufre s'engage en combinaison volatile avec l'oxygène des minerais et de l'air, et forme SO qui s'échappe dans l'atmosphère. Il reste une faible quantité de soufre qui n'est nullement nuisible, puisqu'on obtient ainsi les célèbres *fers de Danemora*.

Cette observation est du plus grand intérêt pratique dans beaucoup de cas. Un grillage bien conduit, permet de désulfurer suffisamment les minerais pour qu'ils puissent donner des *fontes et des fers de premier choix*.

Les fontes de Suède jouissent d'une réputation universelle ; l'analyse que nous donnons, page 151, montre que sur 11 échantillons, 7 renferment des quantités appréciables de manganèse et 3 d'aluminium.

La présence du soufre et du phosphore est presque générale, mais ces corps n'existent qu'en faible quantité.

Analyse des principales fontes de Suède.

NOMS DES FOURNEAUX.	CARBONE combiné.	CARBONE graphite.	PHOS-PHORE.	SOUFRE.	SILICE.	ALU-MINIUM.	MAN-GANÈSE.	Ca	Mg
Harras Danemora (grey) gris.	4,04	3,65	0,02	0,02	0,35				
Ranasid (truité).	4,04	0,46		0,03	0,46				
Hykroppapersberg gris et blanc.	0,59	3,80	0,01	0,06	0,16	0,16	0,06	0,26	
Langshanhyta (blanc).	3,68		0,029	0,022	0,15		0,59	0,33	0,13
Siljansfort, Sorskog, etc. (gris)	1,12	3,70	0,007	0,01					
Les hauts-fourneaux de Filipstad.			0,015	0,02					
			0,021	0,03				0,26	
Kloster, Rallinsberg.	4,30	0,19	0,017	0,02	0,11	0,05	0,07		
	1,01	3,33	0,031	0,01	0,85		1,92		
Fagersta, Norberg.	2,14	2,73	0,026	0,015	0,64		2,93		
Granult, Ramsberg.			0,026	0,03	0,20				
			0,025	0,04	0,50				
Westanjo, Grandgarde (blanc).	4,70	0,69	0,11		0,17				
Finspong, Forola (fonte pour canons communs).	1,75	2,17	0,05	0,12	0,95	0,17	0,19	traces.	

L'usine de *Finspong* exposait deux canons au Champ-de-Mars, un modèle de haut-fourneau, un appareil vertical pour couler les canons, des spécimens remarquables de boulets, bombes, etc., le tout coulé directement du haut-fourneau dans les moules. M. *Egkman* est le promoteur des fours à gaz qui fonctionnent depuis 35 ans ; il a une médaille d'argent.

Fagesta envoyait une magnifique collection de cuivres, fers, tôles, aciers, métal Bessemer, bandages, ressorts, barres éprouvées sous toutes les formes. Une telle exposition suffit pour caractériser les produits suédois, une médaille d'or fut donnée à cette usine.

M. *Fran-Kloster* exposait des cylindres de laminoir excellents : un bloc de minerai magnétique noir, à la base de ces cylindres, disait assez la qualité que l'on obtient en traitant une matière aussi pure et aussi riche.

M. *Palmaer*, à Carlsborg, exposait son petit marteau à camme et à ressorts de bois du prix de 700 fr., destiné à la clouterie ; c'est un outil très-simple et ingénieux.

L'usine *Lindahl* et *Runer*, à Gifle, exposait un marteau à entraînement par un piston à air, tiré des Anglais. C'est un bon outil lorsqu'on est privé de vapeur, il coûte 2,100 fr.

ESPAGNE.

Les ingénieurs des mines de Madrid ont exposé et arrangé avec goût une collection extrêmement sérieuse de minerais métalliques et minerais de fer. Ils ont également exhibé des minéraux, principalement la houille qui existe dans ce pays en masses immenses, véritable réserve pour l'avenir de l'Espagne, destinée par la nature à devenir une puissante nation industrielle.

Les étrangers, faut-il le dire, sont plus ardents en entreprises industrielles que les Espagnols, mais la période de transition qui exige leur concours viendra à cesser, et les immenses richesses naturelles de l'Espagne seront de plus en plus exploitées par les nationaux eux-mêmes. Les ingénieurs des mines d'Espagne ont obtenu une médaille d'or pour leur belle collection.

La maison *Parent-Schaken et C*^{ie} exposait deux blocs de houille des mines de *Belmès* et *Espiel*. Le chemin de fer qui traverse ces mines leur donnera une impulsion décisive. Des minerais comparables à ceux de Suède sont à côté du charbon ; ces blocs ainsi rapprochés, à dessein peut-être, sont une promesse pour l'avenir.

Parmi les industriels à la tête du progrès, figure, en première ligne, la maison *Jbarra*, de Bilbao, qui expose des minerais célèbres de la Biscaye dont elle exporte 45,000 tonnes par an en France et dans le pays de Galles (Sommorostro, près Bilbao), des fontes au bois, des fontes au coke, des fers tirés de ces fontes par la méthode champenoise et celle anglaise, en application dans les usines de Guriezo et de Baracaldo.

MM. Jbarra exposent également des fers « *d'éponge de fer de Chenot* » ; ils produisent une quantité d'environ 10,000 kilog. d'éponge de fer par jour. Pour obtenir ce produit, on chauffe les minerais mélangés de charbon de bois dans des cuves en terre réfractaire, au rouge vif, par le moyen de foyers extérieurs et de carnaux latéraux auxdites cuves ou cornues, et à la faveur de la chaleur modérée qui pénètre dans la masse de minerai et de charbon, celui-ci s'empare de l'oxygène du minerai, de manière qu'après un certain temps il ne reste plus que du fer non fondu ni ramolli, extrêmement *spongieux*, que l'on porte aux foyers de soudage, et de là aux marteaux et aux laminoirs. On a pu voir des morceaux d'éponge de fer (minerais réduits) qui, forgés d'un bout sous forme de clous parfaits, étaient de l'autre un métal poreux, inflammable comme un morceau d'amadou ; MM. Jbarra produisent par ce procédé des fers tout à fait supérieurs. Ils ont obtenu une médaille d'argent.

MM. *Duro et C*ⁱᵉ, de Fergueria, représentent la fabrication par les méthodes ordinaires. MM. Duro et Cⁱᵉ exposent des minerais et des fers. Leurs fers sont bien fabriqués, bien exposés dans la grande nef du palais. On y remarque des canons de fusil, des fers à cheval et divers échantillons d'épreuves assez difficiles. Cette maison a obtenu une médaille d'argent.

Bolueta, près Bilbao, exposait des fers et des minerais. Les fers de Bolueta doivent au mode de traitement (charbon de bois) et aux minerais (oxydules de fers en rognons), une qualité plombeuse estimée ; ils sont très-faciles à travailler. Cette usine est en bonne réputation.

ITALIE.

L'Italie se présentait très-bien, avec ses minerais, à l'Exposition de 1867 ; particulièrement comme minerais de fer, elle présente un intérêt direct pour notre Revue.

La houille proprement dite manque à cette contrée ; ses minerais sont donc, comme ceux d'Algérie, une *marchandise d'exportation*. On a vu que tout le Sud-Est de la France peut recevoir des minerais riches d'Italie, pour les fers supérieurs.

On remarquait : un gros bloc « du *Rio oligisto* » (régie royale des mines de l'île d'Elbe), oligiste spéculaire gris, *magnifique spécimen ;* un gros bloc « *Terranera*, » un de « *Vigneria*, » un hydraté « *Idratato* » très-compact. Un beau bloc « *Rio albano* » oligiste et deux blocs semblables non dénommés. De plus, quantité de minerais d'intérêt secondaire.

Ajoutons « *mentalement* » les énormes blocs exposés

par MM. Petin et Gaudet, à l'entrée de leur exposition, et
provenant de Sardaigne, et nous aurons pour l'Italie, une
mention bien justifiée, au point de vue de l'utilité directe
de ses minerais.

Les fers obtenus en Italie avec ces minerais sont de
bonne qualité, mais ils manquent d'apparence : c'est un
défaut sérieux pour les produits destinés au commerce.
Il y a encore des feux toscans en activité ; ils sont les
mêmes que ceux des Romains, décrits par Pline le Jeune.

La maison *Ansaldo*, de San-Pier-d'Arena, près Gênes,
a exposé des fers ouvrés et pièces de forge dignes d'une
mention spéciale (pour l'Italie bien entendu) qu'elle re-
représente seule comme travail sérieux. On remarque
deux plaques de blindage essayées et ayant bien réussi,
de 3^m,20 de longueur, 0^m,40 de large et 0^m,10 d'épaisseur. Une autre, un peu plus grande, longueur 3 mètres,
largeur 0^m,92, épaisseur 0^m,18, ce sont de petites plaques
forgées ; un arbre pour machine marine de 900 chevaux,
droit ; une bielle pour même bateau, un fond de cylindre
à fourreau, quelques projectiles, etc.

Cette maison a obtenu une médaille d'argent.

CHAPITRE IX.

Outillage.

MARTEAUX A VAPEUR DE *Twaites Carbutt*.

(Planche 5.)

A l'exception du marteau américain à ressort, du mar-
tinet suédois à clous, du marteau atmosphérique suédois,

du marteau rotatif exposé près la machine d'Allen, il n'y avait à l'Exposition de 1867 aucun marteau fondé sur un principe original, si ce n'est celui de Twaites Carbutt, horizontal et à deux masses frappantes qui s'éloignent et se rapprochent d'une même quantité, de façon qu'au rapprochement ils viennent au contact du centre de l'appareil général. Les pièces de forge placées entre ces marteaux amortissent donc la force vive qu'ils possèdent pendant leur rapprochement, vivement opéré par un cylindre à vapeur et divers dispositifs, tels que bielles, vis à longs pas, etc., etc. Les marteaux horizontaux ne sont pas assez répandus pour qu'un jugement motivé puisse être porté sur leur valeur.

Le marteau à double cylindre « *Duplex steane hammer,* » de la même maison, est en usage dans plusieurs grandes forges : il est *très-puissant et robuste*.

La planche 5 indique suffisamment la disposition de ce marteau :

E, énorme shabotte.

MF, masse frappante.

C, l'un des deux cylindres à vapeur.

P, l'un des deux pistons.

La même maison avait exposé également un marteau-pilon (1) dont les flaches étaient toutes en tôle forte. Il en existe un de ce système chez John Brown, de Sheffield, qui donne toute satisfaction.

---

(1) Pour les marteaux-pilons de divers genres, on consultera avec fruit l'ouvrage spécial sur les machines-outils publié par notre camarade Chrétien, chez Roret. C'est un traité complet, bien divisé, et consciencieusement écrit.

FOUR A GAZ AU BOIS D'ALLEVARD (ISÈRE).

Puddlage au gaz (planche 6).

La Compagnie d'Allevard (Isère) a exposé (cl. 40) un modèle de four à puddler au gaz de bois, très-intéressant.

MM. Charrière et Cie ont adopté le travail au bois torréfié pour le puddlage des fontes que leur donnent leurs excellents minerais spathiques, non pour conserver la qualité de leurs produits, que la houille n'eut pas affecté, mais par raison d'économie.

Dans les environs d'Allevard, on peut encore se procurer des bois à un bon marché suffisant pour lutter avec la houille (qui vient de loin), à la condition de torréfier le combustible végétal et de le transformer en gaz.

Le menu bois assorti de longueur est chargé sur des wagons en fer, à treillis, introduit dans une étuve à air chaud, séché, torréfié, c'est-à-dire presque roussi, se transforme en ligneux très-combustible; puis, de l'étuve, le ligneux ou bois roux est conduit au fur et à mesure des besoins au gazogène, y est chargé, comme le dessin l'indique, par une trémie à bascule manœuvrée par un levier.

L'air chaud insufflé à la base de la cuve C par les tuyères tt, transforme le ligneux en gaz combustibles qui se rendent au réverbère par le rampant R.

Là, ces gaz sont brusquement brûlés par deux tuyères méplates TT' qui injectent deux nappes inclinées d'air très-chaud dans la masse gazeuse, et déterminent deux chalumeaux intenses qui, en frappant le bain de fonte, l'échauffent à la température voulue.

Les flammes sont rendues oxydantes ou réductrices à volonté, au moyen de la quantité relative d'air injecté dans le gazogène et par les tuyères TT'.

C'est surtout pour le puddlage pour acier que cette condition est essentielle à remplir ; en se reportant au tableau graphique de la marche du puddlage (planche 7), on voit que, lorsque le silicium a disparu en notable proportion, le carbone diminue très-rapidement.

Or, à ce moment, des flammes non oxydantes sont absolument de rigueur. On donne donc alors beaucoup de gaz et peu d'air aux tuyères TT' et l'on change les laitiers vifs décarburants de commencement d'opération en laitiers doux de fin d'opération.

Dans ces conditions, MM. Charrière et Cie se trouvent exactement dans les mêmes errements que les forges de Styrie et de Carinthie (1), aussi produisent-ils les mêmes aciers puddlés excellents.

Cet exemple, unique en France, de puddlage au gaz de bois nous a paru mériter une description spéciale.

Les gros bois servent au haut-fourneau, de sorte que le puddlage n'est alimenté que de menus.

La même Société a exposé le modèle des étuves à torréfier, un modèle de four à ressuer les paquets dont nous donnons les croquis (planche 6).

FOUR A GAZ DE BOIS (SUÈDE).

Réchauffage au bois. — Corroyage, etc.

Le baron G. de Leijonhjelm a exposé un modèle de four à gaz qui n'a pas d'analogue dans la section suédoise (planche 8).

Il se compose d'un gazogène à deux cuves A et B, d'un brûleur de gaz, d'un réverbère, d'une chambre à flammes

---

(1) Voir pour des détails complets sur les forges de Styrie, Carniole, Carinthie, la publication d'une étude de fabrication de fer au bois séché par M. de Play, dans les *Annales des Mines*, 1854.

perdues, et d'une cheminée à la base de laquelle se trouve un surchauffeur d'air tubulaire, en fonte.

Dans la cuve B, on charge du bois torréfié ou du charbon de bois ; dans la cuve A, on charge du bois brut menu (ou de la tourbe ou autre combustible cru).

Six tuyères donnent le vent à la cuve B, six autres à la cuve A latéralement et une septième de face, comme l'indique le dessin.

Les gaz bruts du haut de la cuve A, chassés par l'air qui pénètre en haut par le tuyau et mélangés des gaz de combustion des sept tuyères inférieures, passent dans la cuve B, où ils sont transformés en gaz combustibles parfaits et mêlés aux résultats de la combustion en B ; ils viennent déboucher dans le rampant qui conduit au brûleur et, de là, ils pénètrent à l'état de flammes dans le réverbère. Les petits fers introduits par les portes latérales et les fers plus gros par les portes, sont chauffés, suivant le besoin, au degré de température voulu.

Les flammes perdues vont à la cheminée, à la base de laquelle se trouve un appareil à air chaud d'une disposition ordinaire. Il serait peut-être préférable d'adopter le type de réchauffeur d'Allevard, dont les tubes doivent moins souffrir que ce type suédois.

Le côté caractéristique du gazogène qui vient d'être décrit, c'est l'introduction de l'air dans le haut de la cuve A, pour faire descendre les produits de la distillation sous un courant d'air chaud : nous croyons qu'il aurait été plus convenable de les faire monter et passer en siphon dans la cuve D ; de cette façon, la cuve A se fût trouvée chauffée graduellement de bas en haut.

GAZOGÈNES SUÉDOIS EN GÉNÉRAL ET FOURS A GAZ.

Beaucoup de fours à gaz sont exposés dans la section

suédoise. Tous ces appareils ont pour but de brûler des combustibles quelconques et de peu de valeur, comme, par exemple, les menus branchages, déchets d'équarrissage des bois, tourbes, etc., et de laisser les bois pour le commerce d'exportation et les gros branchages pour les hauts-fourneaux.

Cette observation d'ensemble fait voir combien les suédois sont bons ménagers de leurs ressources : cet exemple est à suivre.

On emploie les fours à gaz, en Suède, non-seulement pour le travail du fer, mais encore pour le grillage des minerais de fer et de cuivre, de plomb, etc., etc., et la fusion de ces métaux.

FOURNEAU DU GÉNÉRAL RACHETTE (RUSSIE).
(Planche 8.)

M. le général des mines Rachette a exposé un modèle de fourneau à l'exhibition des produits de la maison de Demidoff qui en fait usage pour la fusion du cuivre.

Ce fourneau est très-original ; il se compose du profil d'un four à cuve, promené suivant un grand axe, de manière à engendrer un four allongé au lieu d'un four carré ou circulaire.

Des tuyères alternées donnent le vent dans un creuset assez large, très-long et peu profond. Ces tuyères, fort rapprochées, permettent d'obtenir de chaque côté du creuset comme un *chapelet* de foyers intenses de combustion, où le métal fond à haute température, et sert à maintenir liquide le reste de la masse qui plonge dans le bain. Le travail est le même que pour les autres fours à cuve, le minerai chargé au gueulard avec du charbon de bois et des fondants, descend d'abord lentement, puis il arrive assez rapidement aux tuyères, fond et se sépare des gangues. Le centre de la masse bien préparé, et à l'abri du coup oxydant des foyers, est préservé et fond par dissolution. Le creuset du four Rachette se nettoie deux fois par jour par la cuvette de décrassage du bain de cuivre et par la porte P d'arrière. Cet appareil produit beaucoup, coûte peu de premier établissement, ce sont ses seuls avantages.

On a construit plusieurs de ces fours dans l'Oural ; ils donnent de bons résultats.

On a voulu appliquer le même principe aux hauts-fourneaux ; l'un d'eux produisait 30,000 kilog. de fonte au bois par 24 heures. On n'a pas reconnu qu'il y eut le même avantage que pour le cuivre.

USINES DEMIDOFF (OURAL, RUSSIE).

Ces usines ont envoyé des fers qui peuvent rivaliser avec les meilleures marques suédoises. Une grande tôle d'un centimètre d'épaisseur, tordue à froid au pilon, sans aucun indice de gerçure, prouve la qualité du métal. Les usines de *Nijné-Taguilsk* fabriquent une grande quantité de tôles de toutes dimensions, des fers marchands et des rails. L'usine de *Sardat* peut fabriquer 80 tonnes de rails par 24 heures. Ces établissements sont pourvus d'ateliers complets de forge et de construction très-bien montés. Généralement, la transformation des fontes en fer a lieu par le puddlage au bois et au gaz (voyez four d'Allevard) et au feu comtois.

MM. Demidoff ont obtenu la médaille d'or pour leurs fers, leurs cuivres et leurs minerais. Qui n'a admiré le superbe bloc de malachite qu'ils ont exposé et qui pesait 2,500 kilog. (valeur 75,000 francs).

8

CHAPITRE X.

Comparaison des fontes et leurs applications.

GRANDES USINES CONCESSIONNAIRES.

D'après un tableau publié par le Comité des maîtres de forge, la production totale de la fonte et celle du fer en France ont été, en 1865 et 1866, savoir :

Fonte en 1865........	1,200,330,593 kilog.
— 1866........	1,252,653,644
Fer en 1865........	844,734,866
— 1866........	899,373,213

Les quantités de minerais importés dans les six premiers mois de 1867 sont :

Minerais de fer :	Belgique............	66,812,390ᵏ
—	Association allemande..	32,718,503
—	Espagne............	28,324,143
—	Italie.............	27,387,232
—	Suisse.............	1,153,821
—	Algérie............	88,348,760
—	Autres pays........	611,826
	Total des importations de minerais..	245,356,675ᵏ

Ces minerais contiennent au moins 50 p. 0/0 de fer en moyenne ; ils servent donc à introduire dans les fourneaux l'équivalent de 120,000 tonnes de fonte, entrant en mélange avec la fonte produite par les autres minerais dans les hauts-fourneaux qui sont chargés partie de minerais étrangers et partie de minerais locaux. La plus faible partie est employée sans mélange pour la production de fontes exceptionnelles.

En ne tenant pas compte du double mouvement d'importation et d'exportation des fers travaillés, qui ne signifie rien pour la production proprement dite des fontes en France, donnée par le tableau ci-dessus, on voit que, lorsqu'on produit en France 1,200,330 tonnes de fonte, on introduit en *métal contenu dans les minerais étrangers*, 120,000 tonnes de fer, soit 1/10 de la quantité de fonte produite.

Cette considération va devenir *dominante* dans l'étude des fontes spéciales au coke pour le Bessemer et les fers supérieurs.

Les minerais de Belgique et ceux de l'Association allemande servent aux fontes ordinaires au coke, à l'exception de quelques minerais de Nassau employés par M. de Wendel, pour fontes au bois destinées à faire des fers supérieurs au bois.

La Suisse et pays divers n'ont pas d'importance dans l'ensemble :

Restent : l'Espagne	28,324,143[k]
— l'Italie	27,387,232
— l'Algérie	88,348,760
	144,060,135[k]

soit 144,000 tonnes, qui servent à améliorer les produits des forges françaises et donner des qualités *extra*.

Le même mouvement se produit en Angleterre, qui reçoit 90,000 tonnes environ de minerais d'Espagne, consomme des minerais suédois et norwégiens, quelques minerais de Dielette, près Cherbourg, et est son propre consommateur-expéditeur, par le transport de quantités immenses d'hématites rouges de Lancashire et de Cumberland, dans le pays de Galles, pour l'amélioration des

fontes obtenues avec le célèbre minerai carbonaté, amor-
phe, lithoïde, des houillères le « *Black band* » (bande
noire) dont les puissantes couches alternent avec celles
de houille.

Obligés d'abréger, nous nous arrêterons à ce qui précède : il suffit d'insister sur un fait essentiel.

*Les transports en quantités toujours croissantes de
minerais riches et de qualité, sont devenus la règle
générale pour beaucoup de centres qui, situés directement sur des minerais insuffisants comme qualité ou
richesse, sont obligés d'avoir recours à des minerais
provenant souvent de très-loin, pour améliorer leurs
produits.*

C'est ainsi que les forges du pays de Galles, qui sont
construites sur le charbon et le minerai, font venir des
minerais étrangers ou très-éloignés. Les usines de New-
castle ou Tyne et celles de Middlesboroug, ainsi que la
Werdale dans le nord-est de l'Angleterre, consomment
en mélange des minerais suédo-norwégiens.

*Il ne suffit donc pas d'être sur le charbon et sur le
minerai pour être exempt de l'emploi des minerais spéciaux éloignés, si les minerais locaux manquent de qualité ou de richesse.*

L'Exposition de 1867 a permis de prendre sur le fait
les considérations qui précèdent.

Low-Moov a une exposition *très-belle* et *très-sincère*,
tous ses fers sont *vrais*, c'est-à-dire de sa fabrication
courante. Or cette usine est grand consommateur de bons
minerais étrangers très-éloignés même. L'Ebb-Wale Company, les usines du comte de Dudley, la Merthyr-Tdwyll
Company, etc., toutes les usines du pays de Galles, en
un mot, produisent leurs fers supérieurs avec mélange de
minerais de choix.

Le Creusot en consomme, Châtillon et Commentry en

consomment, Petin-Gaudet et Cie en emploient considéra-
blement, Harel et Cie marche *exclusivement* aux minerais
d'Afrique et de Garrucha, pour les magnifiques fontes
qu'ils produisent, spécialement pour être converties en acier
au four à réverbère à gaz Siemens-Martin, chez MM. Verdié
et Cie ; les usines de Terre-Noire agissent de même pour
leur Bessemer et leurs fers supérieurs au coke, etc., etc.,
Alaïs fait de même. Dans le Nord, Anzin et Denain emploient des minerais d'Afrique ; diverses forges de l'Ouest,
des minerais d'Espagne exclusivement ou en mélange, et
ces minerais pénètrent jusqu'en Périgord, etc., etc.

Ce qui précède suffit pour poser une première conclusion :

Les grandes compagnies ou usines à fer, concessionnaires de houillères, *sont obligées d'avoir recours aux
minerais spéciaux* riches et purs, pour produire des qualités supérieures de fonte destinées à fabriquer des fers
supérieurs, des aciers, ou du métal Bessemer. Quelquefois, les minerais riches sont employés *exclusivement ;*
la plupart du temps, ils le sont en mélange.

La houille ne suffit pas ; le nombre de corroyages n'é-
quivaut pas à la *qualité naturelle* des fers provenant de
bons minerais.

Les fontes spéciales provenant des minerais spéciaux
étrangers, de même que les fontes spéciales de qualité
indigène, servent surtout :

1° A produire les fers supérieurs du commerce, notamment les tôles fines, à la houille ;

2° A produire les aciers puddlés fins, à la houille ;

3° A produire l'acier Bessemer ;

4° A produire les fers de grande difficulté de laminage;

5° A produire les blindages et autres produits similaires.

USINES QUI NE SONT PAS SUR LE CHARBON.

Les usines d'*Ulverstone* et de *Barrow in Furness*, littoral du canal St-Georges, par exemple, qui sont situées *sur* le minerai *riche et pur* dit « *red hématite ore* » hématite rouge, font venir du comté de Durham, diamétralement opposé (mer du Nord), par chemin de fer, *le coke nécessaire à leur consommation.*

Ce groupe a exposé, dans la section anglaise, des spécimens très-bien fabriqués, d'aciers et de fontes de qualité pour acier et pour le Bessemer.

Il suffit de dire qu'à Ulverstone, un haut-fourneau a produit jusqu'à 90 *tonnes* par jour pour établir l'importance de ce centre.

Or, grâce à la présence du minerai *riche et pur*, ces établissements prospèrent rapidement, tout en faisant voyager le coke.

A *Bilbao*, au pied du Sommorostro, le minerai est sur place, il rend 45 à 50 p. 0/0 et est très-pur. La production de la fonte au coke provenant de Cardiff (pays de Galles) où l'on *expédie des minerais*, a donné des résultats économiques très-satisfaisants. D'autres exemples sont inutiles.

Une seconde conclusion ressort de ce qui précède : 2° Des usines peuvent prospérer si elles sont sur le minerai *riche et pur*, tout en faisant venir le combustible de loin.

A Ulverstone, sur le *minerai,* on fait venir 950 kilog. de coke pur de Durham pour produire 1,000 kilog. de fonte.

A Durham, pour produire 1,000 kilog. de fonte, avec le coke *sur place,* il faudrait faire venir sensiblement 18 à 1,900 kilog. de minerai riche d'Ulverstone, soit un transport *double.*

QUALITÉS COMMUNES.

Lorsqu'il s'agit de qualités communes et que les minerais sont peu riches, il y a le plus grand intérêt à être *sur le charbon* et *sur le minerai en même temps;* mais sur le charbon, de préférence. C'est *exclusivement une question de transports et de comparaison de matières.*

Les usines du pays de Galles sont un type sous ce rapport.

Les rails exposés par la *Merthyr-Tdwyll*, par exemple, peuvent être livrés à 5 livres, soit 125 francs et même au-dessous, suivant le cours.

Ces usines, celles de *Donlais*, etc., etc., sont *sur la houille* et *sur le minerai* (employé alors *exclusivement* sans mélange avec des minerais étrangers).

Le Creusot a du minerai et du charbon sous ses usines ou à proximité, et c'est pour cette raison que le Creusot est le grand régulateur des fers ordinaires.

La puissante maison de Wendell est sur la houille et sur le minerai (ses houillères, encore trop récentes, ne suffisent pas à ses besoins). En raison du prix très-bas auquel elle peut livrer ses minerais, elle peut consommer des houilles un peu éloignées.

La maison de Wendell est le seul concurrent sérieux du Creusot pour l'*établissement des prix* des fers communs.

Conclusion. Pour les fers communs, il faut être sur le charbon et sur le minerai pour arriver à dominer le marché. (Il est clair que des circonstances locales peuvent créer des exceptions à cette conclusion ; mais, en général, la nature des houilles, des minerais et des transports, ont beaucoup moins d'influence que la position de la forge.)

SITUATION DES USINES, PROPRIÉTAIRES DE HOUILLÈRES ET
FABRICANTS DE FONTES ET DE FER, AU POINT DE VUE
DES BÉNÉFICES.

Rigoureusement parlant, une grande maison de ce genre
doit se livrer à elle-même comme elle livrerait aux clients.
En fait, dans les temps de crise surtout, il est reconnu
par l'expérience qu'un bon charbonnage peut sauver une
forge y annexée ou lui donner des facilités exceptionnelles.

Pour prendre un exemple qui ne puisse blesser personne, citons Aubin.

La régie de cette usine est d'une exactitude et d'un
soin d'ensemble et de détails irréprochables.

Mais, est-il bien certain que les prix cotés par Aubin à
la Compagnie des chemins de fer d'Orléans, soient les
prix d'une usine livrée aux chances et aux pressions du
commerce ?

Ce qui revient à dire que, d'après les circonstances,
une usine qui lutte contre les autres producteurs, pourra
donner des résultats satisfaisants, sans qu'on sache si c'est
le charbon, la fonte ou le fer qui ont amené ce résultat.

Il est donc impossible d'estimer la situation d'une telle
usine, comparée à une autre qui n'a pas de charbonnage,
mais qui peut acheter de la houille à bon marché.

En fait, Krupp est propriétaire de houillères et de
mines de fer.

Le Creusot, idem.

De Wendell, idem.

Les usines du pays de Galles, idem.

Seraing (Belgique), idem.

Châtillon et Commentry, idem.

Terre-Noire, idem.

Montceau-sur-Sambre (Belgique), pas de minerais.

Couillet-sur-Sambre (Belgique), pas de minerais.

Anzin et Denain (Belgique), pas de minerais.

Ces usines marchent dans des conditions de concurrence avec d'autres qui sont obligées d'acheter le charbon et quelquefois même le minerai.

Barrowin, Furness, Ulverstone, pas de houille sur place.

Toute la métallurgie de Sheffield (plus de 132 maisons de production d'acier, de fers, etc.), achète *toutes* ses matières premières.

Petin-Gaudet et Cie n'ont qu'un charbonnage très-insuffisant.

M. de Wendell achète plus de houille qu'il ne peut en tirer sur son propre fonds.

Il est inutile de multiplier ces exemples : une conclusion radicale est impossible en ce qui concerne la comparaison entre les usines qui possèdent une houillère et celles qui n'en possèdent pas, même lorsqu'il s'agit de fontes et fers inférieurs.

POSITION DES USINES QUI ONT UNE SPÉCIALITÉ D'OBJETS MANUFACTURÉS.

Les usines qui ont une spécialité et qui transforment le métal brut en produits manufacturés sont, en général, dans une bonne position toutes les fois qu'elles se trouvent au centre d'une région où elles puissent s'alimenter facilement.

Les Petin et Gaudet, considérés comme forgerons, n'ont besoin ni d'être propriétaires producteurs de fers ni propriétaires de houillère, si ce n'est qu'ils sont plus certains de leurs produits bruts en se les livrant à eux-mêmes.

Il en est de même du Creusot, forge de pièces mécaniques.

Marrel frères n'ont ni hauts-fourneaux ni houillères.

Verdié et Cie n'ont ni hauts-fourneaux ni bouillères.

Imphy, Saint-Seurère, achètent tout ou presque tout.

Arbel, Déflassieux et Pellion marchent d'une manière remarquable sans hauts-fourneaux, ni laminoirs, ni houillères.

Monin, Japy, achètent au commerce la presque totalité des fers qu'ils mettent en œuvre.

Enfin, toute la métallurgie de Sheffield est basée sur le même mode d'action.

Résumé de ce qui précède sur les fontes, les usines possédant ou non des houillères.

1° Les minerais *riches et purs* sont employés lorsque les minerais locaux sont pauvres ou n'ont pas une qualité suffisante pour donner des produits supérieurs ;

2° Le charbon à bas prix n'empêche pas l'introduction desdits minerais dans la fabrication des fers supérieurs ;

3° Des usines considérables peuvent progresser si elles sont sur le minerai riche et pur et éloignées des houillères ;

4° Les usines qui produisent des qualités communes doivent, autant que possible, être sur le minerai et la houille ;

5° Il n'est pas nécessaire qu'une usine soit propriétaire de charbonnages et de minières pour prospérer ; la possession des houillères et des minières est une condition de stabilité supplémentaire ;

6° Les usines qui transforment le fer brut en objets manufacturés n'ont pas essentiellement besoin d'être producteurs de fer brut ni propriétaires de houille ; la possession des charbonnages est une condition de stabilité supplémentaire.

FONTES DIVERSES.

Les fontes au bois, produites avec de bons minerais, sont recherchées pour la fabrication des bons fers maréchal, des tôles fines, de celles faciles à emboutir ; ces fers sont recherchés par la carrosserie, les ateliers de construction de machines, les pièces de forge difficiles.

Ces fontes, employées seules ou mélangées, servent à produire des fers à grain fin, des aciers puddlés, etc., etc.

Les fontes au bois ne sont bonnes que si le *minerai est bon*. C'est l'influence du minerai qui est dominante.

Les usines d'Audincourt, d'Allevard, de MM. de Dietrich, avec partie des usines de MM. Petin et Gaudet, représentent bien la métallurgie du fer au bois.

La Suède, la Russie, la plus grande partie de l'Autriche et de l'Allemagne, travaillent des fontes au bois.

Les fers et aciers de ces pays sont connus de tous.

FONTES AU COKE.

Les fontes au coke ordinaires contiennent beaucoup de matières qui vicient le métal, notamment le soufre et le silicium. Les fontes ordinaires au coke (voir tableau du puddlage) servent à la fabrication des rails et fers ordinaires, aux gros moulages en première fusion et aux fonderies de deuxième fusion.

Ces fontes sont, en général, impropres à la production du métal Bessemer. Les fontes d'affinage ordinaires sont blanches et très-siliceuses.

FONTES SUPÉRIEURES AU COKE.

Les fontes supérieures au coke proviennent :

1° D'un bon minerai ;

2° D'un coke assez pur.

L'analyse suivante peut en donner une idée suffisante :

FONTE NOIRE D'AFFINAGE POUR FER SUPÉRIEUR :

		La castine est composée de :	
Carbone total. . .	4,50		
Silicium.	0,90	CaO (chaux).	54
Soufre.	0,0035	SiO^3 (silice).	3
Titane	traces	Al^2O^3 (alumine).	1
Manganèse. . .		CO^2 (acide carbonique). . .	42,25
	100,00		100,25

Ces fontes exceptionnelles proviennent généralement des minerais d'Afrique, d'Espagne et d'Italie.

Lorsqu'on ajoute des minerais manganésifères, alors les fontes, comme celles ci-dessus, peuvent rivaliser avec celles au bois pour la production des fers fins, tôles fines, métal Bessemer première qualité, acier puddlé, acier fondu au réverbère, etc., etc.

Le fourneau de Saint-Louis avait exposé des échantillons de toute beauté, de fonte graphiteuse à grosses faces, de fonte noire, fonte grise, etc., et de « *spiegel-eisen* » ou fonte blanche miroitante.

La fabrication des fontes au coke des deux fourneaux de MM. Harel et Cie, à Givors, de MM. Petin et Gaudet, de Terre-Noire, etc., pour fontes supérieures, conduite sur les mêmes principes, ne laisse rien à désirer.

La production de ces fontes constitue un des plus grands progrès dans la production de la matière première du fer, de l'acier et de leurs combinaisons.

Cette innovation amène les forges à la houille au même niveau de qualités que les forges au bois. La houille est abondante, facile à transporter et à employer ; le bois est rare, difficile à transporter et à employer.

De ce côté, comme du côté des procédés de transformation de la fonte en fer ou en acier, l'Exposition de 1867 aura constaté une amélioration d'une importance capitale.

CONCLUSION SUR LA MÉTALLURGIE.

La métallurgie est un art ; à tout art il faut pour guide une *science dominante*.

La métallurgie est l'ensemble de toutes les connaissances scientifiques ou empiriques qui peuvent contribuer à rendre industriel le traitement des minerais pour en obtenir des métaux, et de ceux-ci pour les combiner, allier, mélanger, de façon à obtenir de ces matières des produits spéciaux dont l'industrie a besoin. Particulièrement, la sidérurgie ou métallurgie du fer exige une variété de moyens qui fait qu'elle est tributaire de l'avancement d'une foule d'autres arts secondaires. Aussi, tout progrès sérieux en sidérurgie, met-il de suite à contribution la mécanique, la physique, les forces ouvrières, et surtout la chimie industrielle, qui est la *science dominante* de l'art de l'élaboration du fer sous toutes ses faces.

Il ne faut pas considérer d'une manière exclusive une industrie, mais examiner toutes les branches qui s'y rattachent : il faut tenir compte des besoins du moment, de la tendance générale des autres industries, car le progrès véritable gît dans un ensemble d'opérations qui permettent de développer au plus haut degré l'objet principal.

Les industries sont solidaires, au moins les principales, et la métallurgie du fer a profité, dans une mesure très-large, des progrès de la mécanique et des améliorations des machines à vapeur, tandis que les constructions de machines eussent été entravées par une sidérurgie languissante et arriérée. Les chemins de fer, la marine, l'artillerie, les grandes conceptions du génie civil devenus la puissance transcendante de l'époque, ont frappé à la porte de la métallurgie ; celle-ci, en revanche, a profité de tous les progrès si rapides des autres arts.

Si les maîtres de forge n'avaient été incités à produire que par l'accroissement de leurs débouchés, ils eussent fait ce que font les filateurs, ils eussent multiplié et répété autant de fois que cela eut été nécessaire, leur outillage primitif, sans y apporter de changements notables; ils eussent conservé leurs méthodes, sans chercher à les améliorer, ou du moins, cette amélioration n'eut pas été leur constante préoccupation.

La marine, la guerre, les chemins de fer, le génie civil, veulent des choses rationnelles.

Les maîtres de forge ont dû comprendre la raison de ces exigences quelquefois absolues, et, en tout cas, ils ont dû chercher à les satisfaire.

De là, sont nés des changements immenses dans les anciens errements ; la vieille métallurgie du fer, traquée impitoyablement par le progrès général, a dû enfin sortir de la routine : elle est entrée résolument dans la voie des arts d'application, et, pour cela, elle a eu recours à la chimie qui lui a apporté les puissants moyens d'action de Bessemer, par l'opération directe et sans main-d'œuvre de la *décarburation* de la fonte par l'action exclusive de *l'oxygène de l'air*, puis la décarburation totale opérée, la chimie (Mushet) a indiqué le « *spiegel eisen*, » comme étant le *réactif* à *employer*, parce que c'est un *carbure de fer* dont la dose de carbone est *fixe*.

La chimie a guidé Siemens dans les applications de son régénérateur à la production directe de l'acier au moyen des minerais riches ; il en est de même des opérations que l'on produit dans la fusion de l'acier sur la sole d'un four à réverbère chauffé au gaz Siemens. C'est cette science qui a suggéré l'emploi réglé du wolfram, du manganèse.

Le Creusot met au premier rang l'obligation de se rendre compte de ses matières premières et de leurs produits par des analyses soignées.

Les fontes spéciales au coke, pour le Bessemer, avec addition de manganèse, sont le résultat des efforts persévérants et éclairés d'un directeur de forges, bon chimiste. Ces fontes sont excellentes et ne contiennent que des « *traces* » de soufre, bien que les cokes en contiennent.

La connaissance de l'état moléculaire du fer dans ses combinaisons diverses, a rendu possible des simplifications d'opérations dans presque toutes les branches du travail du fer.

Dans cet ordre d'idées, le génie civil a produit des merveilles : à l'Exposition de 1867, on est frappé d'un fait, c'est que les connaissances théoriques ne sont plus l'apanage d'une classe d'ingénieurs de l'État placés à la tête des arsenaux et des manufactures du pays ; ces connaissances se sont répandues, elles sont devenues générales, et beaucoup de directeurs en savent autant que les savants les plus illustres sur ce qui est essentiel à la pratique de leur art.

L'ensemble de toutes ces forces, la nécessité d'écouler les produits des usines, ont donc fait faire des recherches incessantes pour substituer le fer au bois ou à la pierre, partout où cela était possible.

Les ponts, les édifices publics, les traverses de chemins de fer, les fortifications fixes même, les détails de constructions, les écluses, viaducs, siphons, etc., etc., toutes les issues possibles par lesquelles on pourrait faire pénétrer le fer dans les usages, sont l'objet d'une constante attention de la part des producteurs, souvent aidés en cela par les ingénieurs, qui trouvent dans le métal des conditions de sécurité, de facilité, de construction, etc., qu'ils ne rencontreraient pas au même degré dans les autres matériaux.

La métallurgie du fer est donc, plus encore de nos jours que par le passé, l'industrie forte, essentielle, primordiale des nations industrielles. Ses progrès sont intimement liés avec le développement général de l'ensemble des forces productives des nations.

Elle entre dans une large voie de progrès dont toutes les branches de l'activité humaine ne peuvent que profiter.

Paris, 30 décembre 1867.

H. FONTAINE et A. CHENOT.

SAINT-NICOLAS (MEURTHE). — P. TRENEL, IMPRIMEUR DE LA SOCIÉTÉ.

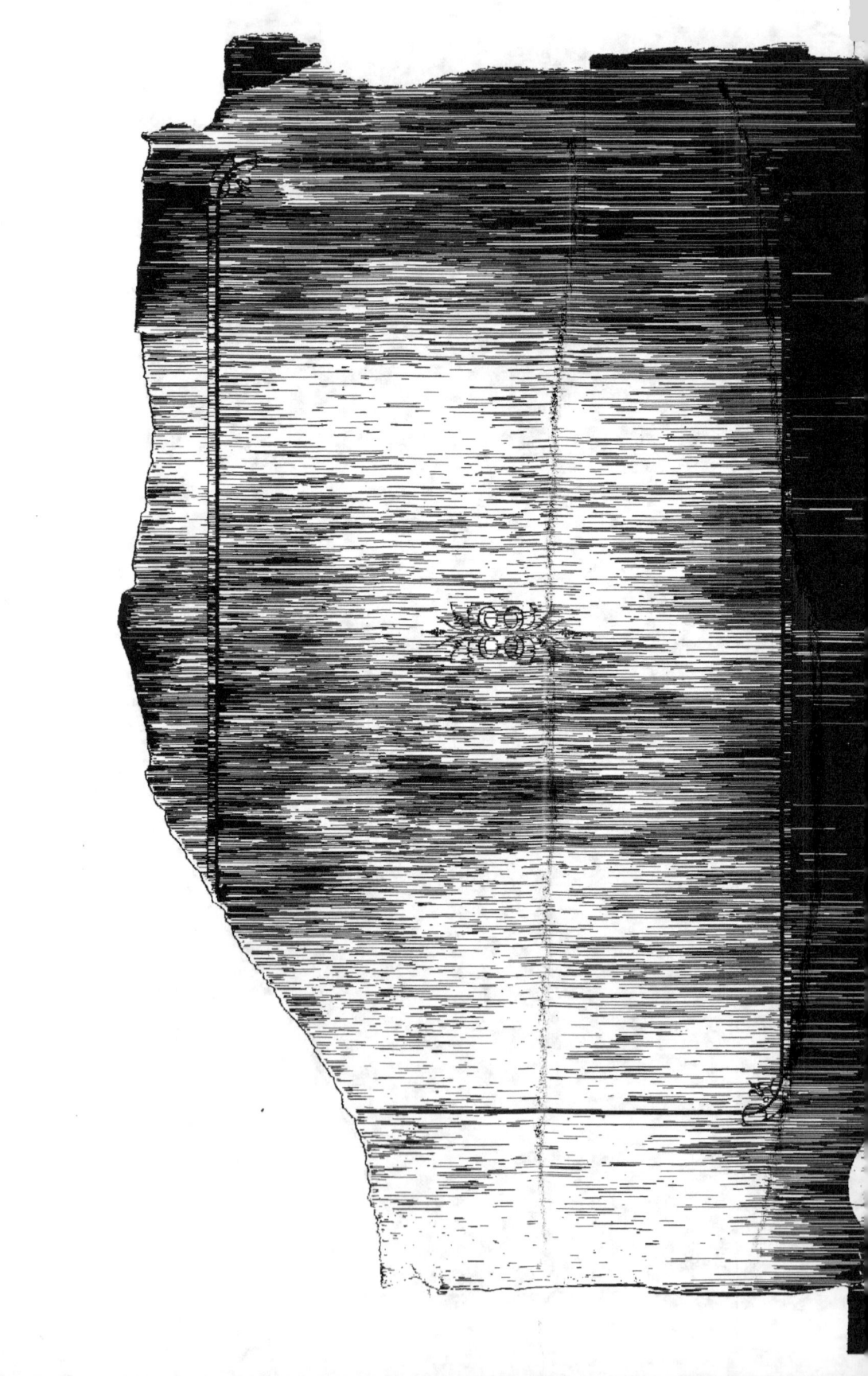

www.ingramcontent.com/pod-product-compliance
Lightning Source LLC
Chambersburg PA
CBHW060832250626
47162CB00005B/2034